4

ウィル様は今日も魔法で遊んでいます。

Ayakawa Rarara
綾河ららら

Illustration ネコメガネ

will sama ha
kyou mo mahou de
asondeimasu.

ウィル

王都レティスにてトルキス家の長男として生まれる。家族や使用人達の愛情を受け、すくすくと成長中。魔力の流れを見て、それを再現する能力に目覚め、急速に魔法を覚えている三歳児。

シロー

【飛竜墜とし】の二つ名を持つ元凄腕の冒険者。ウィルの父親。

レン

トルキス家のメイドだが、その正体は複数の二つ名を持つ元冒険者。

セシリア

フィルファリア王国公爵オルフェスの娘でウィルの母。回復魔法が得意。

エリス

ウィルが魔法を使えることになりオルフェスに派遣されたメイド。

一片

トルキス家の守り神である風の幻獣。ウィルを気に入り力を貸す。

トマソン

過去には【フィルファリアの雷光】と恐れられたトルキス家の執事。

Outline

will sama ha kyou mo mahou de asondeimasu.

一度見ただけで魔法を再現できる少年ウィルは、三歳のある日、街で起こった事件に父と姉が巻き込まれてしまったことを知ると、トルキス家の守り神である風の幻獣・風の一片とともに家族の危機を救う。その後、カルディ伯爵家が企てた王家への謀反により王都に魔獣が溢れると、ウィルはトルキス家の面々と魔獣を撃退し、見事に王都を守ったのであった。こうしてカルディが召喚した魔獣によって被害を受けた街の復旧作業が進む中、ウィルは精霊と仲良くなったり、不完

will sama ha
kyou mo mahou de
asondeimasu.

presented by ayakawa rarara

第一章

渡り鳥の再会

episode.1

will sama ha
kyou mo mahou de
asondeimasu.

ある日の午後――

「くらえー！　正義の裁きだ！　七年殺しー！」

「うわっ⁉　やったな！」

「かんちょー！　あはははっ！」

年上の男の子達がはしゃぎ立てる様を家の前で見ていたウィルは、キラキラした目で隣にいたエリスを見上げた。

「ダメですよ、ウィル様」

「ちぇー」

エリスに釘を刺されて唇を尖らせるウィル。

エリスは内心冷や汗を掻きながら、ウィルの行動を未然に防げて安堵した。

「特に女の子には絶対なさってはいけません。ウィル様が嫌われてしまいますからね？」

「あい……」

素直に返事をしたウィルが道の小石を蹴って拗ねる。

そこへレンが小走りで駆け寄ってきた。

「お待たせしました」

ウィルの今日の予定はエリスとマエル先生の治療院のお手伝い。

レンは冒険者ギルドに用事があるということで途中まで一緒だ。

「いっぱいひとくるかな？」

「本当は来ない方がいいんですけどねー」

「そーだね。おけが、いたいもんね」

エリスとそんな会話を交わしながら、ウィルはエリスとレンに手を引かれて通りを歩いた。

最近のウィルは外に出てはマエル治療院の手伝いをし、家に居ては【土塊《つちくれ》の副腕】という新たな魔法の修練に勤しんでいる。

もっと子供らしく遊べばいいのだが、「うぃるのしたいことだからいーのー」の一点張りだ。

魔力切れだけは起こさないように使用人達も目を光らせている。

もっとも、最近のウィルの魔力的成長には目を見張るものがあり、ウィル自身も「つかれたー」とは言うものの魔力切れを起こすような素振りは見せていなかった。

「もうすこしー」

「そこの角までですよ」

レンとの別れもそろそろという所に差し掛かった頃、唐突に前方から陶器の砕けるような音が派手に響き渡った。

「なに……?」

驚いたウィル達がその場で立ち止まる。

すると、ギルドの横に併設された食堂からガラの悪そうな男が姿を現した。

「やめてっ！　は、離してください！　きゃっ……!?」

男に腕を掴まれた食堂の従業員らしき女性が通りに引き倒された。

「ああん？　俺らに酌ができねぇたぁどーいう了見だ、コラッ！」

「ですから、そのようなサービスは……！」

頑なに拒み続ける女性が気に食わなかったのか、男が拳を振り上げてみせると女性は身を縮こまらせた。

「冒険者でしょうか……？」

男の姿からエリスが推測する。

よく見れば赤ら顔で酒に酔っているように見える。

冒険者が住人に狼藉を働く行為は国とギルド間の関係悪化をもたらしてしまう。

その為、そのような行為を発見した場合は同業の冒険者やギルド職員が速やかに対処しなければならない。

だが、今は真っ昼間だ。

大抵の冒険者なら稼ぎに出ている時間帯である。

遠巻きに様子を窺う者の姿はあるが、誰も止めに入ろうとはしていなかった。

「おそらく、あの者達を止められる冒険者が不在なのでしょう」

レンはそう呟くと、騒ぎに割って入るかどうか思案した。

普段なら即座に行動を起こすのだが、今はウィルがいる。

彼女達の第一の使命はウィルを守ることなのだ。

そのウィルはというと、騒ぎを目の当たりにして怒った表情をしていた。

「あのおじさん、わるいひとだ！　おんなのひといじめたらだめなのに！」

「その通りです、ウィル様」

相槌を打つレンを見上げて、ウィルが騒ぎの中心にいる男を指差した。

「れん、やっておしまいなさい！」

そうだった、とレンとエリスは思わず笑みを浮かべた。

ウィルは他人の悲しむ姿を見るのが大嫌いな子だ。

苦しめられている人を見て、黙っていられるような子ではないのだ。

「れんがやらないならうぃるがやるね！　おしおきー！」

そうだった、とレンとエリスは冷や汗を浮かべてウィルを捕まえた。

ウィルは悪党を自ら断罪しようとする勇ましい子だ。

苦しめられている人を見て、黙っていられるような子ではないのだ。

「私が参ります。エリスさん、後を宜しく」

レンはウィルをエリスに預けると手短に告げて駆け出した。

「じゃ、うぃるも！」

「お待ち下さい、ウィル様」

行動を予測していたエリスがいとも簡単にウィルを抱き締める。

「どーしてー？　おねーさんのおけがなおしてあげないとー」

「周りを見て動かなければなりませんよ。レンさんが男から女性を引き離しますから……そっと近付きましょう」

「ん……」

ウィルはこくんと頷くとエリスに付き添われてゆっくりと騒ぎに近付いていった。


「いい加減にしなさい」

「なんだぁ？」

女性を背に庇うように割って入ったレンに男が訝しげな表情を浮かべる。

かなり酒気を帯びているらしく、焦点を合わせようとした男がレンから少し距離を置いた。

「おお!?　美人じゃねーか！」

レンの姿をなめ回すように見た男が気色めいた声を上げる。

「いいぜいいぜ？　ねーちゃん、ちぃっと俺達の相手してくれよ！」

男が無遠慮な手付きでレンの胸に手を伸ばす。

レンは無言でその手首を横から掴んで遮ると上に反らして捻り上げた。

「なんっ……!?」

「ふっ」

レンが素早く身を翻すと同時に男の体が宙を舞った。

「ゲハッ!?」

背中から叩きつけられた男が苦悶の声を漏らす。

その一部始終を目の当たりにした女性が目を瞬かせた。

「あ、あの……」

「下がって」

静かなレンの声に従おうとしたのだろう。

強張った体で後退りしようとした女性の肩を優しくエリスが抱き止めた。

「もう大丈夫ですよ」

「あっ……」

レンと同じメイド服に身を包んだエリスを見て、女性が安堵する。

そしてその横にいるウィルに気がついた。

「ちりょーいんにきてくれたおねーさんだ」

「ウィル様……」

名前を呼ばれて笑みを浮かべるウィル。

そのやり取りを遮るように騒がしい笑い声が響き渡った。

「ギャハハハッ！　アイツ、メイドさんに投げ飛ばされてっぞ！」

「だらしねぇなぁ！」

「女も寝かしつけられねぇのかよ？」

食堂から男の仲間がぞろぞろと姿を現す。

その最後に出てきた一際厳ついリーダーと思われる大男が倒れている仲間とレンを交互に見た。

「俺の仲間に何してくれてんだ、ねーちゃん。そいつはそこにいる給仕にサービスを頼んだだけだぞ？」

大男に視線を向けられ、女性がまた身を竦めた。

「酌のサービスなど、ギルドの食堂では行っていないはずですが？」

「はっ！　これから俺達が顔利かせてやるんだ！　それくらいのサービスは当然だろ？」

息巻く大男に周りの仲間達がニヤニヤとした笑みを浮かべる。

どうやら自分達が強者であり、その振る舞いが当然だと思っているようだ。

「なんならアンタがその嬢ちゃんの代わりに手取り足取り給仕してくれてもいいんだぜ？　得意だろ？　メイドさんなら、よ」

大男の言葉にその仲間達がゲラゲラと笑い出す。

その耳障りな声を聞きながら、レンは深々と嘆息した。

「どこにでもいるんですね。あなた達のような身の程を知らない頭の悪い連中は……」

「あんだとっ！　このクソアマッ!!　テメェ等、体に分からせてやれ！」

「おうっ！」

「ああ、危ない……！」

男達が一斉にレンを取り囲む。

レンの後ろ姿を見守っていた女性が声を震わせる。

ウィルはそんな女性の肩にそっと手を乗せた。

「だいじょーぶだよ」

振り向く女性にウィルが笑みを浮かべる。

「あんなのに、れんはまけないから」

そう呟いたウィルが女性の腕を擦る。

無理やり掴まれた腕には痣があり、引き倒された際の傷からも血が滲み出していた。

「えりす、いいよね？」

「はい、ウィル様」

短くやり取りしたウィルが杖を女性にかざす。

「きたれみずのせいれーさん。たまみずのほうよう、なんじのりんじんをいやせすいめいのきらめき」

ウィルの唱えた水の回復魔法が女性の傷を癒やしていく。

樹属性の回復魔法を強化する為、ウィル自ら教えを請うた水の回復魔法である。

回復魔法は水と光と樹の属性にあり、水と光、そして土の助けを借りた樹属性がその最高位にあたる。

本来は水と光の回復魔法を覚えて高めるのが先なのだ。

「きず、なくなったよ♪」

「お見事です。ウィル様」

ウィルの回復魔法の効果を確認したエリスが笑みを浮かべてウィルの頭を撫でる。

そうこうしている内にレンは次々と男達を投げ飛ばしていた。
ウィルの言葉通り、まるで相手になっていない。
ようやく心の底から安堵した女性はウィルとエリスに頭を下げた。
「あ、ありがとうございます……」
その瞳からポタリと涙の雫が落ちる。
安堵して気が緩んだのだろう。
それを察してエリスが女性の肩を優しく撫でた。
遠巻きに見ていた者達にとっても彼女の涙の理由は明白だった。
ただ一人を除いて――
(おねーさん、ないちゃった……)
ウィルはショックを受けた。
怖い思いをしたのだと、ウィルの胸が締め付けられる。
と、同時に再び怒りが込み上げてきた。
(よくも、おねーさんを、なかせたな……!)
頬を膨らませたウィルは手にした杖を握り直し、レンと冒険者達の方へ向き直った。
「まだ、続けますか?」
余裕を崩さぬ佇まいで睥睨《へいげい》するレンを男達が憎々しげに見上げる。

「このっ……！　コケにしやがってっ！」

初めに投げ飛ばされた男が腰の剣に手をやった。

「いいんですか？　それを抜けば、後には引けませんよ？」

「う、うるせぇっ！」

僅かに声を震わせ、男が吠える。

非常時以外に街中で許可なく武器を抜く事はフィルファリアの法に触れる。

そうなればもう国の管轄だ。

だが、酔っていることもあり、男は後に引けない勢いだった。

「ぶ、ぶっ殺してやる！」

今にも武器を抜きそうな男に、レンが胸中で嘆息しつつゆっくりと構える。

目の前の男がどうなろうと知った事ではないが、そのせいで他の冒険者が肩身の狭い思いをするのは寝覚めが悪い。

そう思い、男が武器を抜く前に動こうとしたレンの耳に聞き慣れた声が響いてきた。

「きたれ、つちのせいれいさん！　だいちのかいな、われをたすけよつちくれのふくわん！」

レンが嫌な予感を覚える間こそあれ、気付いた時にはウィルに生成された小さな土の腕が横から飛んできて、剣に手をかけた男の顔面に突き刺さった。

「グベラッ⁉」

思い切り殴り飛ばされた男がもんどりを打って通りに倒れ伏す。

ピクピクと痙攣したまま、男は気を失っていた。

「ウィル様……」

レンが嘆息しつつ、ウィルの方へ向き直る。

土の腕がウィルのもとへ戻り、その周りを三対六本の土の副腕が旋回する。

その中心でウィルは頬を膨らませ、肩を怒らせていた。

「おじさんたち、おねーさんをなかせた！」

「な、なんだ⁉　その魔法は⁉」

男達からしてみれば、ウィルのような小さな子供が魔法を行使している事自体驚きだが、その上見た事も聞いた事もない魔法である。

警戒する男達と唖然とする野次馬を置き去りに、ウィルは杖を掲げた。

「おしおきだー！」

旋回していた副腕が一斉に飛び立つ。

複雑な軌道を描きながら、土の拳が男達に襲いかかった。

「グッ⁉」

「ウゲッ⁉」

「グハッ⁉」

縦横無尽に飛び交う副腕に殴り飛ばされた男達が一人、また一人と倒れていく。

「うぐっ……く、くそ……」

頭を抱えて身を屈めていた大男が焦った様子で副腕の軌道を目で追いかける。

大きく弧を描いた副腕はウィルの周りに戻るとまたゆっくりと旋回を始めた。

(副腕が消えない……生成魔法だから……？)

ウィルを後ろから見ていたエリスが冷静に分析する。

魔弾などに代表される攻撃魔法は当たれば消えるが、生成魔法などの物を作る魔法は耐久値を超えない限り存続する。

ウィルの魔法は後者だ。

つまり、ウィルの魔力が供給されている間、副腕は形を保ち続け、耐久値を超えない限り殴りたい放題だ。

その代わり、一定以上の距離を超えると魔力の供給が途絶えるため、ウィルの副腕は遠距離攻撃に適さないだろう。

「ごめんなさい、は？」

「くっ……」

謝罪を要求するウィルに大男は顔を青ざめさせた。

冒険者としてのプライドが小さな子供に圧倒されて屈する事を拒絶する。

「むぅ……ごめんなさいしない」

動かない大男にウィルは頬を膨らませた。

従わぬなら従わせるまでとばかりに杖を振る。

「つかまえろー」

「ぐあっ⁉　やめろ！」

副腕に掴まれた大男が悲鳴を上げた。

副腕はウィルの腕を模した小さな腕だが強い魔力を含んでおり、見た目以上に強力だ。

二対四本の副腕に上から押さえつけられた大男は地面に膝をついて四つん這いになった。

「どげ……ざ？」

記憶を頼りに最上級の謝罪のポーズを取らせようとするウィルだったが、何かが違って首を傾げた。

これはお馬さんのポーズだ。これじゃない。

「放せっ！　放しやがれ！」

大男が声を荒げるが、副腕の拘束からは逃れられないらしい。

四つん這いのまま、ウィルを見上げて睨みつける。

どうやら反省の意思はないらしい。

「うーん、こまったー」

どうやっても謝ってくれない大男にウィルは腕を組んで考え込んだ。

「ま、いいやー」

気持ちを切り替えて大男を見下ろしたウィルが残りの副腕に意思を込めようとして、ふと思い止まった。

（なんだ……？）

動き出そうとして、再び動きを止めたウィルを訝しんだ大男が再度ウィルの顔を見上げる。

逆光でよく見えないが、ジッとこちらを見下ろしている。

その口元にニヤリとした笑みが浮かんだ。

「くっしっしっしっしっ……」

「…………!?」

忍び笑いのつもりなのだろうか、いきなり変な笑い方をし始めたウィルに視線が集まる。

その横顔を見たレンは眉をひそめ、エリスは苦笑いを浮かべた。

(あれはイタズラを思いついた顔ですね……)

ウィルは他人思いの優しい子だ。

イタズラをして人を困らせたりはあまりしない。

だからあの笑みも性悪ではなく、「いいこと思いついた」程度のものなのだろうが。

ウィルの【いいこと】はその溢れんばかりの魔法の才気を以って、往々に周囲を驚かせる。

「かまえー♪」

ウィルが杖を振ると、残った一対の副腕が人差し指を伸ばした状態で両手を組んだ。

「お、おい……まさか……」

その構えに見覚えがあって大男が声を震わせる。

副腕はご丁寧に腕を上下してみせた。

遠巻きに様子を窺う者達からどよめきが起こる。

「ぐるぐるー♪」

ウィルの言葉に従い、副腕が手を合わせたまま回転し始めた。

徐々に回転の速度を上げていく副腕に大男の顔が引きつる。

「お、おい……？」

高速に達した副腕はもう歪な円錐形にしか見えない。

歪な円錐形はふわりと浮き上がり、大男の視界から消え、その背後を回って後方にセットされた。

「じょ、冗談だよな……な？」

更に青ざめた顔で大男がウィルを見上げる。

ウィルは大男の耳元へ顔を近付けた。

口元に手を添え、内緒話をするように——しかし、子供らしく声を漏らしながら大男に囁いた。

「わるいことしたらー、おしおきされるんだってー♪」

嬉々としたその声に大男は戦慄した。

こいつマジだ、と。

「ちょっ……！　まてまてまて！」

「またなーい」

ウィルが懇願する大男から距離を取って杖を掲げる。

「あ、悪魔……」

見下ろすウィルの笑顔を見た大男の声が引きつった。

もう、待ったなし。

ウィルは掲げた杖を振り下ろした。

「せいぎのさばき！　どりるかんちょー！」

ズゴォッ!!

「ゴッ!!　オガガガアアアアァォボボボボ!!」

「あはははははははっ!!」

副腕が物凄い勢いで尻の中心に突き刺さり、大男が意味不明な絶叫を上げる。

それを見たウィルはお腹を抱えて笑い転げた。

「ウィル様……」

「ダメって言いましたのに……」

離れて見ていたレンとエリスは揃って深々と嘆息した。


「……ごめんなさい」

レンに上から睨まれ、ウィルがしょんぼりと項垂れた。

外聞が悪いと場所を冒険者ギルドの隅に移したレンはそこでウィルを叱った。

「悪人を許せないウィル様のお心は大変素晴らしいと思います。ですが、何事にもやりようというものがあります。いいですか？」

「……あい」

「先程のようなことはお下品です。トルキス家の男子として相応しくない行いですし、精霊様もそのような事をする為に魔法を作ってくださったわけではないでしょう？」

「うっ……」

ウィルが言葉を詰まらせる。

【土塊の副腕】は魔法で手を作りたいと願うウィルの為に精霊達が作ってくれた魔法だ。

誤った使い方をすれば精霊達はきっと悲しむ。

「ぐすっ……ごめんなさい……」

ポロポロと涙を零し始めたウィルに、レンは小さくため息をついた。

ウィルは精霊達に申し訳なくて泣き出したのだ。

十分反省している。

もう馬鹿な真似はすまい。

「二度とあのような魔法の使い方はなさらないでくださいね」

「あい……」

「反省したのでしたら悪い事をした人の傷も癒やしてあげましょう」

ウィルにやられた事ですっかり酔いを覚した冒険者達はギルド職員に厳重注意を受けて反省していた。

リーダーが悲惨な目にあったのだ。

彼らも態度を改めるだろう。

ウィルの成長に一役買ったと思えば、レンは彼らの自分に対する振る舞いも不問にする事ができた。

「ごめんなさい……」

エリスに付き添われ、涙を拭きながら謝るウィルにボロボロの冒険者達が顔を見合わせる。

ウィルはすぐに回復魔法を使い、冒険者達の傷を癒やした。

王都の住人や拠点にしている冒険者達にはウィルが回復魔法の使い手である事は噂となって知れ渡っているが、この街に着いたばかりだったという彼らはウィルが回復魔法を使うのを見て大層驚いた。

「うぃる、しっぱいしました……」

「あ、いや……」

悪いのは冒険者達であり、彼らもそれは深く反省していた。

ウィルが謝るいわれはないのだ。

その事を伝えようとする冒険者達にウィルは続けた。

「だから、もーいっかいやりなおすね」

「「「………は?」」」

揃って首をひねった冒険者達は次の瞬間ウィルの言葉の意味を理解した。

「きたれつちのせーれーさん！　だいちのかいな――」

「だーっ!!　もう反省してるって！　悪い事はしねぇから！」

「メイドさーん！　お宅ンとこの坊っちゃんが!!」

「ウィル様!!」

騒然となる冒険者ギルド。

慌ててウィルを諌めて事無きを得る様子を見ながら、今後ウィルに加減というものを教えようと心に誓うレンであった。

◆◆◆

冒険者ギルドのレティス支部は冒険者達にかなりの人気を誇っていた。

都市部の治安がよく活気があり、王国に管理されたダンジョンもある。

高難易度の依頼は少ないが、気候も穏やかな部類に入り、生活するのに過ごしやすく依頼の種類も豊富だ。

そんなギルドの奥まった一室、ギルド長の執務室ではレティス支部を預かる女性が緊張した面持ちで自分の席に身を預けていた。

彼女は本日訪れるであろう来客を迎える為、落ち着かない様子で待機していた。

「本当にいらっしゃるんでしょうか?」

傍に控えたギルド職員の呟きにギルド長が視線を向ける。

各ギルドには連絡を取り合える魔道具が設置されており、日夜報告のやり取りがなされている。

正式な報告である以上、その来客がないはずがない。

何を今更、と言いたげなギルド長の視線に射抜かれて、ギルド職員が慌てたように手を振った。

「あ、いえ……その……現実味がなくて……」

尻すぼみに小さくなっていく職員の声に、視線を戻したギルド長が深々とため息をついた。

「……報告があってからの日数を考えると、遅くても今日中には到着するだろうな」

今回あった報告はかなり重要な案件で、ここ数日はギルド職員の間にも緊張が走っていた。

ギルド長も今のポストにつく前は冒険者として少しは名の知れた存在であった。

それなりの修羅場は潜っている。

しかし、今回直面する問題はそのどれにも該当しない類のものであった。

我知らず、何度目かのため息をギルド長がついた時、外がにわかに騒がしくなった。

廊下を足早に進む音が響き、段々と近付いてくる。

「ギルド長！　い、いらっしゃいました！」

ギルドの女性職員がノックと同時に扉を開けて、声を震わせながら報告する。

その言葉にギルド長は目を見開き、椅子を蹴立てるように立ち上がった。

「よし、通せ！」

「は、はい！」

ギルド職員が来た時と同じ勢いで戻っていく。

再び訪れた静寂に元から室内にいた職員が生唾を飲み込む音が響いた。

「と、とうとう来ましたね……」

「ああ……」

二人して緊張に体を震わせる。

ややあって、コツコツと廊下を進む靴音が響いてきた。

その歩調ですら只者でないことを窺わせ、ギルド長は体を強張らせた。

静かに扉が開き、ギルド職員が緊張しながら頭を下げる。

「ギルド長、第六席【魔法図書】カルツ・リレ様、【祈りの鎚《つち》】ヤーム・トッド様をお連れ致しました」

「ご苦労様」

ギルド長が改めて職員を労って、室内に通された二人に視線を向けた。

一人は丈の長いローブを身に纏った長髪の男、もう一人は使い古された旅装束に短髪の男だ。

どちらも只者ではない雰囲気を発している。

「あー、嬢ちゃん？」

「ひゃ、ひゃい!?」

短髪の男――ヤームに声をかけられた女性職員の声が緊張で裏返る。

その様子にヤームは困ったような笑みを浮かべた。

「できれば俺の紹介をしてもらう時は【祈りの鎚】じゃなくて【無銘《むめい》の工房】にしてもらいたいんだが……」

「えっ……？　えっ？」

困惑する女性職員の横でローブの男――カルツがため息をつく。

「無理に決まっているでしょう。【祈りの鎚】は他国とはいえ王から下賜された正式な二つ名なのですから」

「そうは言うけどな、立派過ぎんのよ。後、坊さんのように聞こえる」

「滅多なこと言うもんじゃありませんよ。ホント、相変わらずの男ですね。レッテルの方を好むなんて」

「レッテルじゃねぇし！　これだって立派な二つ名だ！」

「はいはい……」

ヤームの剣幕に肩を竦めるカルツ。

二人のやり取りをポカンと眺めていたギルド長と職員達にカルツが笑みを振り撒いた。

「いやー、申し訳ございません。どうもヤームは少々テレ屋のようでして」

「テレてねぇ！」

「はいはい……」

ツッコむヤームを適当にいなしながら、カルツは突っ立ったままのギルド長へ向き直った。

「ではでは。早速、受付して頂いてよろしいですか？　ギルド長様」

「あ、はっ、はい……」

我に返ったギルド長が応接用のソファーをカルツに勧め、自らも対面に腰掛ける。

カルツの前に用紙を一枚置いて顔を上げるとカルツと目が合った。

思わず息を飲むような美しい顔が優しげに微笑む。

「……どうかされましたか？」

「あ、いや……」

慌てて視線を逸したギルド長がわざとらしく咳払いをする。

聞くべきことを聞かなければならない。

見惚れている場合ではないのだ。

気を取り直したギルド長は背筋を伸ばしてカルツに向き直った。

「では、テンランカー【魔法図書】カルツ様。王都レティスでのご用向きを教えて頂けますか？」

緊張した面持ちのギルド長に対し、カルツは柔らかな笑みを浮かべたまま、はっきりと答えた。

「はい。昔馴染みの友人に会いに」

◆

ギルドでの挨拶もそこそこに、カルツとヤームはギルドを出た。

ギルド長がつけてくれたトルキス邸までの案内役を先頭にカルツとヤームが並んで歩く。

その後ろに付き従うのがヤームの妻子だ。

「面倒くせぇなぁ……行く先々でギルドに顔を出してんのか？」

「ええ。テンランカーにもなると所在を明確にしておかなければならないのですよ。昔からそうだったでしょう？」

テンランカーに限らず、有力な冒険者は主に二つの理由から所在を明確にしておかなければならない。

一つはギルドから直接指名される依頼の為だ。

危険度が高く、現地に滞在する冒険者に提示できないような依頼や急を要する依頼などはテンランカーや有力な冒険者に直接依頼される。

その時、所在が分からないと都合が悪いのだ。

もう一つは取引のある国に対して無用な疑いをかけられない為だ。

ギルドや冒険者達にその気がなくても極秘に戦力が集結していれば、その周辺の国にとっては脅威である。

冒険者ギルドは運営責任としてギルド所属の実力者がどこに滞在しているかを国に報告しなければならない。

但し、身の潔白さえ証明されれば有力者の存在は多大な利益を生み出す。

殆どの国は有力な冒険者の滞在は願ってもない事なのだ。

「辞めちまえよ、テンランカーなんて。名誉が欲しいわけじゃねぇだろ？」

「それはそうですが、テンランカーでいると色々と都合のいい事もあるんですよ」

カルツの二つ名【魔法図書】は魔法の知識と探究心、それを教え広める力を評されたものだ。

テンランカーとしての依頼も自然とその傾向が強くなる。

カルツはその舞い込む魔法の難問奇問を楽しんでいるのである。

「まぁ、程々にな」

老婆心を覗かせるヤームにカルツが笑みを浮かべる。

昔から行き過ぎる仲間の心配をするのがヤームの役割だった。

「こちらです」

前を歩いていたギルドの職員が立ち止まり、一行が目の前の屋敷を見上げる。

「うわぁ……」

ヤームの妻子が感嘆の声を上げる。

普通に生活していてはまず足を踏み入れないような大きな屋敷である。

ギルド職員が門の脇にある守衛室の窓をのぞき込んで来客の取り次ぎをすると、門番は笑顔で対応した。

「さぁ、どうぞ」

門の中に通されると待たされることなく屋敷から執事とメイドが姿を現す。

執事とメイドが一人、カルツ達の前に進み出て、残るメイド達は道の脇に整列した。

近付いてくる黒髪のメイドを見て、カルツとヤームが目を細める。

かつての仲間だ。

見間違える筈もない。

「長旅、お疲れ様でございました。当家にお使えさせて頂いております執事のトマソンと申します」

トマソンが下げた頭を素早く戻す。

「積もる話もございましょうが、まずは屋敷でゆっくりとおくつろぎ下さいませ」

「ご丁寧に、恐れ入ります」

トマソンの言葉にカルツが笑顔で応え、ヤームと揃って黒髪のメイドの方に視線を向けた。

「お久しぶりですね、レン」

「どうだ？　元気にしてたか？」

「カルツ、ヤーム。ご無沙汰しております。見た通り、元気に過ごしてますよ」

その表情は懐かしみを帯びてやんわりと優しい笑みをたたえていた。

ヤームの妻子から見ても美しいと思える笑顔に、しかし――

「レンが……」

「笑った……」

カルツとヤームは驚愕で声を震わせた。

ヤームの妻子が訝しげな視線を向ける中、カルツとヤームが手で顔を覆って目頭を熱くする。

「あの……無表情だったレンが……」

「単語の一言二言で会話を済ませてたレンが……」

「よかったですね……ヤーム」

「ホントに、よかったな……カルツ」

「あなた達……」

ジト目のレンを気にした風もなく、カルツとヤームはしばらくお互いの肩を叩いて頷き合った。

◆

【大空の渡り鳥】――。

世界の色んな物を見て回ろうと二人の少年が興した冒険者パーティーだ。

旅を続ける内に仲間を増やし、多くの国を渡り歩いた【大空の渡り鳥】はその後滅亡の危機にあった小国を救う英雄となった。

征く国々で噂され、知らぬ者がいないほど有名になったそのパーティーの構成人数は六人。

誰もが実力者であり、六人中五人がテンランカーに名を連ねた最強の冒険者パーティー、そのパーティーリーダーの名が【飛竜墜とし】葉山司狼《はやましろう》。

現在のシロー・トルキスである。


「久しぶりだな……元気にしてたか？」

玄関で友人を出迎えたシローが笑みを浮かべ、カルツ、ヤームと握手を交わす。

「元気そのものですよ。シローもお変わりなく」

「そいつは無理ないか？　別れてから十年近く経ってんだぜ？」

カルツの返しにヤームが軽くツッコむとそれだけで笑いが零れる。

シローは友人の肩を叩いて再会を喜ぶとヤームの妻子に視線を向けた。

「ようこそ、ターニャさん。長旅でお疲れでしょう？」

「いえいえ」

ヤームの妻――ターニャが首を振る。

なにせ護衛がカルツという最強の冒険者の一人だ。

引退したとはいえヤームも並の冒険者以上の実力を誇る。

道中の安全は約束されていると言っても過言ではない。

「こんな安全快適な旅は初めてですよ」

ターニャは明るく応えて微笑むと我が子の方を見て首をひねった。

「どうしたの、二人とも？」

ぽかんと口を開けたままシローを見上げる兄妹にシローも首を傾げる。

ターニャとは面識のあるシローだが、彼らの子供達と会うのは初めてだ。

子供達は勢いよくヤームの方を振り向くと口を揃えた。

「「葉山司狼がいる!!」」

「そりゃあ……シローの家だからな」

「「すごいよ、父さん!!」」

「いや、だから……シローの家に行くって言ったじゃねーか」

呆れたように答えるヤームとは対照的に子供達はキラキラとした目でシローを見上げた。

「何か、私の時と同じような反応ですね」

「ごめんなさい。この子達、主人が【大空の渡り鳥】のメンバーだったって言っても信じてなくて……」

カルツの言葉にターニャが困ったような笑みを浮かべる。

家には【大空の渡り鳥】のメンバー全員で撮った写真が飾られているそうだが、それでも信じてくれないらしい。

「苦労してるんですねぇ」

「うっせー」

カルツの言葉に仏頂面を浮かべるヤーム。

それを見て、シローは思わず笑みを浮かべた。

子育てはどこの親も大変らしい。

「ようこそ。俺の名前は葉山司狼、君のお父さんとお母さんの友人だ。今は結婚してシロー・トルキスと名前を改めているが、間違いなく君達が知っている【飛竜墜とし】だよ。君達のお父さんは【大空の渡り鳥】のメンバーでパーティーの管理を担当してくれた大切な仲間なんだ」

シローが丁寧に自己紹介をし、ヤームの事を話して聞かせると子供達はようやく自分の父親が【大空の渡り鳥】の一員だった事を認めたようだった。

理解を示した子供達の頭をシローが撫でる。

それから顔を上げ、ターニャの方へ向き直った。

「ささ、奥へどうぞ。俺の妻と子供達も皆さんの到着を心待ちにしてたんですよ」

屋敷の奥へ促され、ターニャの緊張の度合いが少し増す。

貴族の地位を辞したとはいえ、セシリアは公爵令嬢である。

一般的な国民で接点のないターニャが緊張するのも無理からぬ事であった。

シローを先頭にリビングに入ったカルツ達をセシリアと子供達が並び立って出迎えた。

「長旅お疲れ様でございました。どうぞ我が家と思っておくつろぎ下さい」

丁寧に頭を下げるセシリアに習い、子供達や使用人達も一斉に頭を下げる。

釣られてターニャ達も頭を下げた。

（失敗したなぁ……）

リビングをそれとなく見渡したターニャが胸中でため息をつく。

着いてすぐ冒険者ギルドに赴き、案内されるままトルキス邸へお邪魔した為、ターニャ達は旅の装いそのままだ。

綺麗な調度品が並ぶ立派なリビングに今の自分の格好は不似合いだった。

カルツもヤームも気にした素振りを見せていないが、一日街の宿を取って身なりを整えた方がよかった。

ターニャの様子に気付いたセシリアが優しい笑みを浮かべる。

「風呂の支度もさせております。まずはゆっくりと旅の汗を流されてはいかがですか？」

「あ、はい！」

「そうだな。ターニャ、悪いけど子供達も一緒に入れてやってくれ」

恐縮するターニャをヤームが促すと使用人達がターニャと二人の子供達を案内してリビングを出ていった。

その後ろ姿を見送ってからヤームがセシリアに向き直る。

「あー……気を使わせてしまって申し訳ない」

「ふふっ。せっかちなところは相変わらずですね、ヤーム様。奥様も女性なのですから気を使って差し上げないと……」

頭を下げるヤームにセシリアは笑顔のままダメ出しした。

その辺りはカルツも同罪であるのだが。

「えー……子供達にもご挨拶をですね」

カルツは誤魔化すように並んだウィル達に視線を向けた。

レンが横から少しムッとした表情で睨んでいたが、セシリアは気にした様子もない。

むしろその反応に仲間意識を感じて微笑んでいた。

出自からくる特別扱いよりも、こうした仲間内のような反応の方が嬉しいのだ、彼女は。

「そうですね。それじゃあセレナからご挨拶なさい」

レンが何かを言い出す前に、セシリアに促されたセレナが一歩前へ出た。

スカートの端をつまみ、ちょこんと膝を曲げる。

貴族式の挨拶だ。

「ご紹介にあずかりましたトルキス家長女セレナ・トルキスと申します」

なかなか堂に入った姿にカルツとヤームも笑みを浮かべて頷いた。

「えっ、と。トルキス家次女ニーナ・トルキスと申します」

続けてセレナと同じように挨拶したニーナはまだ少しぎこちない印象だ。

端々に元気さが飛び出しそうになっていて正直初々しい。

カルツとヤームはまたも笑顔で頷いた。

「それじゃあ最後はウィルね。上手に挨拶できるかしら？」

娘二人の挨拶を見守ったセシリアが視線をウィルへと向ける。

周りの視線が自然とウィルに集まる中、全員笑顔のままウィルの様子を見て固まった。

「ウィル……？」

「んー……？　おー……？」

ウィルは不思議そうな顔をしてカルツを見ていた。

しゃがんで見たり、首を傾げたり、少しそわそわしたような様子で色々と見る角度を変えながら唸り声を上げている。

小さな子供に行儀を求めても長続きはしないかな、とセシリアは少し困ったような笑みでウィルに声をかけた。

「どうしたの、ウィル？」

ウィルはセシリアの方を振り返り、それからまたカルツに視線を戻した。

「うふふ。ウィル君、私がどうかしましたか？」

ウィルの視線に応えるようにカルツがおどけてみせる。

ウィルはてくてく歩いてカルツに近寄ると周りを回ってみたり、ローブの中を覗き込んだりした。

それからまたカルツを不思議そうに見上げる。

そんなウィルの様子にシローは心当たりがあった。

「何か見つかったか、ウィル？」

今度はシローが問いかけるとウィルはこくんと頷いた。

「いる」

「いる……？」

ウィルの呟きにヤームが首を傾げる。

続いてウィルから出てきた言葉は想像を超えるものだった。

ウィルがカルツのローブを掴んでシローに答える。

「せーれーさんがいる」

「……それはそれは」

飄々とした態度のカルツだったが驚きは隠せないでいた。

ウィルの反応を興味深そうに眺めると、顔を上げたウィルと目が合った。

「このひとのなかー」

「なんの精霊さんがいるか、分かるか？」

再度シローが問いかけるとウィルが唸って首を傾げる。

「んー……たぶん、くーぞくせーのせーれーさんかなー？」

「こりゃ、驚いたな……」

ヤームが呆れたような感心したような呟きを漏らす。

カルツも似たような反応だが落ち着いてウィルを見返していた。

「ウィル君、どうして分かったんです？」

カルツから魔法的なアプローチはしていない。

魔法を見られて判断されたのならまだ納得できるが、ウィルにはそうと判断できる要素はなかったはずだ。

しかし、ウィルははっきりと答えた。

「おじさ」

「お兄さん」

「おじさ」

「お兄さん、です」

ウィルの言葉を封じるようにカルツが笑顔で訂正する。

困ったような顔で振り向いてくるウィルにシローが苦笑して頷いた。

「ウィル、お兄さんって言ってあげて」

「むぅ……」

釈然としない様子で眉をひそめたウィルがカルツを見上げる。

「おにーさんのなかからせーれーさんがでたそうにしてたからー」

「……なるほど。そうでしたか」

精霊の気配が漏れた。

カルツ達はそう解釈した。

もちろん普通はその程度で精霊の存在を感知できたりしない。

だが、カルツ達はそこまで取り乱す事はなかった。

事前にシローから連絡を受けていたからだ。

子供の事で相談に乗って欲しい、と。

何でも一人で解決してしまうほどの手練である友人からの知らせに首を捻ったカルツだったが、今のウィルの反応で納得した。

「スート、挨拶なさい」

「へーい」

カルツに促されて姿を現したのは男の子の精霊だった。

バツの悪そうな様子で頭を掻きながら、宙に浮いた少年がウィルを見下ろす。

「スートってんだ。よろしくな、坊主」

「うぃるだよー」

「分かった。ウィル坊」

ストと名乗った精霊の少年は床に降りるとウィルの頭をポンポンと撫でた。

気をよくしたウィルが笑顔でその手に甘える。

その様子を見やりながら、カルツが小さくため息をついた。

「シローが助けを求めてきた理由が分かりましたよ」

「で、どうだ？」

「ちょっと記憶にないですねー」

シローの問いかけにカルツが肩を竦めてみせる。

「ウィルが言うにはどうやら魔力の流れが目に見えているらしい。見た魔法を再現してしまうんだ」

「うーん……少し様子を見させてください」

己の精霊と戯れるウィルを見ながら答えるカルツにシローが頷いた。

そんなウィルが何かに気付いて顔を上げた。

「かるつさん、おつよい？」

振り向くウィルの質問にカルツが首肯する。

「ええ、まぁ。テンランカーに名を連ねる程度には」

「じゃー、ぴくにっくいこー」

「ふふっ、構いませんよ。どこへ行きたいですか？」

子供らしいお願いにふとカルツの表情が緩んだ。

外の世界に興味を示すことは子供であれば自然なことだ。

「せかいじゅ！」

嬉々として答えるウィルにカルツは頭に浮かべた前言を撤回したくなった。

世界樹は子供が目指すところではありません、と。

「なんで、世界樹？」

視線を向けてくるヤームにシローが困ったような笑みを浮かべながら掻い摘んで説明する。

先日起きた王都での事件。

ウィルの目に何が映ったのか。

それ以来、ウィルが回復魔法や蘇生魔法に興味を示し、新しい魔法まで作ってしまった事。

「「新しい魔法!?」」

カルツ達はその突飛な単語に食いついた。

魔法と共に生きる者ならその言葉に飛びつかないわけがない。

「ウィル、見せてあげて」

「あい」

シローに促されて、ウィルは頷くと早速精霊達と作った【土塊の副腕】を披露した。

三対六本の土の腕が宙に浮かび、ウィルを守るように待機する。

その様子を見てカルツ達から歓声が上がった。

「これは素晴らしい……」

「なるほど……魔法で手を作る、か……」

カルツとヤームが思い思いの言葉を呟く。

だが、ウィルは少ししゅん、っと肩を落とした。

「でも、さいせーまほーはまだつかえないし、おててもちーさいのしかつくれないのー」

その上、魔法は人によって使える属性に差が出てくる。

ウィルが【土塊の副腕】を広めても、使える人間は限られるのだ。

それでは魔法が完成の域に達したとしてもみんなを治したことにはならない。

顎に手を当てて難しい顔をするヤームの横でカルツはウィルの優しさに目を細めた。

「ウィル君。なぜ【土塊の副腕】の手が小さいか、分かりますか？」

「…………？」

カルツの質問にウィルが首を横に振る。

「人体を模した生成系魔法の多くは使用者の身体的記憶を元に作製されるからです。ウィル君の副腕が小さいのは当然なんですよ」

不思議そうに目を瞬かせるウィル。

この顔は分かってない顔だ。

ウィルの作った【土塊の副腕】は使用者が異なればその使用者の身体的記憶を元に作製される。

つまり、大人が魔法を行使すれば大人の大きさの副腕になるのだ。

カルツの様子を見て確信に近いものを感じたシローは静かに問いかけた。

「カルツ、ヤーム。魔道具にできそうか？」

「いいのか？　自分の子のオリジナル魔法だぞ？」

シローの意図を感じ取って聞き返すヤームの反応は当然のものだ。

魔法の知識というのは秘匿される事が多く、珍しい魔法書は高額になる。

それがオリジナルの魔法となれば尚更だ。

使い手も少なく、対策されにくい魔法など誰でも欲するもので、その知的財産の価値は計り知れない。

それをヤーム達に預けようというのだ。

シローは不思議そうに見上げてくるウィルの頭を優しく撫でた。

「この子は負傷した者を笑顔にしたい一心でここまで辿り着いたんだ。その想いに応えてやりたい」

「……そうですか」

カルツはそれだけ言うとセシリアとレンを見た。

彼女達もシローと同じ想いでカルツを見返している。

この場に反対意見の者はいなさそうだ。

カルツは膝をついてウィルの肩に手を置き、その顔を覗き込んだ。

「ウィル君」

「なーにー？」

「私がウィル君の魔法を解析して世に出せば皆がウィル君の魔法を真似するかもしれませんよ？　それでもいいですか？」

「みんながおになるー？」

「なりますよ。沢山の人が」

「じゃー、いーよー」

ウィルが嬉しそうに「えへへ」と微笑む。

その顔を見てカルツも笑顔でウィルの頭を撫でた。

「分かりました。【魔法図書】の二つ名に賭けて、ウィル君の魔法を皆が使えるようにしてみせましょう。ヤーム、できますね？」

カルツが立ち上がってヤームに視線を向ける。

ヤームは顎に手を当てたまま、考え込んでいた。

「銀だな。木や布でもできなくはないが、耐久力を考えると……後、工房がいる。最低限、仕事道具は持って来ているがな。けど、俺よりそっちだろ？　カルツ、できんのか？　魔法文字の量によって作るものが変わってくるぞ？」

「愚問ですね。まぁ、解析の前にウィル君と一緒に魔法を作った精霊達の話を聞きたいですが……」

不敵な笑みを浮かべるカルツに両手を上げたヤームも釣られて笑う。

「オーケー、分かった。【祈りの鎚】の二つ名に賭けて、ウィル坊の願いを形に変えてやるよ」

「二人とも、宜しく頼む」

友人達から色よい返事が聞けてシローが頭を下げた。

その姿を見たカルツとヤームがまた笑みを浮かべる。

「ダチの頼みだ。任せておけよ」

バシバシとシローの背中を叩くヤーム。

そのまま話に花を咲かせていると、ターニャ達が風呂から戻ってきた。

「セシリア様、ありがとうございました。あなた、カルツさん。お風呂、空きましたよ」

セシリアに頭を下げたターニャがヤーム達の方へ向き直ると、彼らはトルキス家の子供達相手に色々と話し込んでいた。

「あなた？　カルツさん？」

再度呼びかけるターニャにカルツとヤームが向き直る。

「「いま、いいところなん――」」

「いいから、先にお風呂を頂いてきて下さい」

額に青筋を立てたターニャの笑顔に言葉を飲み込んだ二人はそのままスゴスゴとリビングを出ていった。

「すみません。うちの人も久しぶりの再会ではしゃいでるみたいで……」

クスクスと笑うセシリアにターニャが改めて頭を下げる。

その様子を見ていたウィルがハッと気付いたように顔を上げた。

「わかったー」

「何がわかったの、ウィル？」

不思議そうに聞き返すセレナにウィルは真顔で答えた。

「たーにゃさんがいちばんつよいー」

ウィルの発言に一瞬静まり返ったリビングが笑いに包まれる。

恥ずかしそうに顔を赤く染めて縮こまるターニャの傍で彼女の子供達はしきりに頷いていた。

◆◆◆◆

ウィルの言動に驚かされたカルツ達だったが、中でも一番驚く事になったのはトルキス邸に遊びにくる精霊達の存在だった。

普通なら人から身を隠す存在である精霊達がさも当たり前のようにトルキス邸に来るのだ。

遊びに来る数はまちまちらしいが、そんな事問題ではない。

王都のような人の多い街のど真ん中に精霊が姿を見せる時点でおかしな話なのだ。

今日も今日とてトルキス邸に遊びに来た精霊達を見てカルツ達はぽかんと口を開けた。

「いっしょにあそぼー!」

うんしょうんしょとヤームの子供達の手を引くウィル。

子供達は誘われるまま、精霊達の待つ庭へ駆け出した。

一度は荒れてしまった庭だが庭師ラッツの奮闘もあり、今はすっかり元通りだ。

ウィル達の身の内から発した幻獣のレヴィ達も転がるように庭を駆け回っている。

「俺、こんな大勢で人の家に上がり込む精霊達、初めて見るわ……」

空属性の精霊であるスートでさえ唖然として呟いた。

「ウィル君の影響でしょうか……ウィル君はシローから難儀な一面を受け継いでいるようですね」

「人を引きつけまくるとこな……人じゃなくて精霊だけど」

思い思いに呟くカルツとヤームの横でシローがポリポリと頭を掻いた。

「かるつさーん」

そんなカルツの前に精霊の手を引いたウィルが戻ってきた。

土の精霊シャークティと風の精霊カシルだ。

その後を付き添う精霊達の姿も見られる。

ウィルは二人の精霊をカルツの前に並ばせた。

「みんなでまほーつくったけどせつめーするならふたりでいーってー」

「ありがとうございます、ウィル君」

カルツは笑顔でウィルの頭を撫でると精霊達に頭を下げた。

「お初にお目にかかります。私、シローの友人のカルツと申します。隣に浮かんでいるのが私と契約した空属性の精霊、スートです。以後、お見知りおきを……」

「よろしくな」

丁寧なお辞儀をするカルツとは対象的にスートが気さくに手を挙げる。

カルツはもう一度ウィルに向き直った。

「ではウィル君。二人を少しお借りしますね」

「あとでかえしてねー？」

「ふふっ……ええ、必ずお返ししますよ」

ウィルの様子に笑みを深めたカルツがまたウィルの頭を撫でる。

その様子をウィルの後ろで見ていた風の精霊の少女アジャンタが二人の精霊に手を振った。

「行ってらっしゃい、二人とも。ごゆっくり……」

ニヤニヤした笑いを浮かべるその表情からは良からぬ事を考えているのが明白だ。

苦笑いを浮かべるカシルの横で少し目を細めたシャークティがスッと顔の横に手を挙げてパンパンと叩き鳴らした。

『なーにー？』

『呼ばれて飛び出ましたー』

『ジャジャジャジャーン！』

土の中から飛び出した土の精霊達がウィルの周りを囲む。

いきなりの登場にウィルが目をぱちくりさせた。

「あなた達……ウィルのガード、お願いね……どこかの精霊さんがウィルを独り占めしないように……」

「ズルッ！　他の精霊に協力してもらうなんて……！」

『『『かしこまり〜』』』

非難の声を上げるアジャンタの前で土から現れた三人の精霊が元気よく手を挙げた。

「ちょっとー!?　久し振りにウィルと二人きりでゆっくりしようと思ったのに！」

「あはは……」

「早く行きましょう……」

「そ、そうですね。では、早速……」

アジャンタを無視した精霊達に背を押されてカルツが室内へ戻る。

その後ろ姿を見送ったウィルがスートを見上げた。

「すーとさんはこっち！」

「オッケー、ウィル坊。一緒に遊ぼうぜ」

「とーさまはー？」

スートの手を取って向き直るウィルにシローが手を振る。

「ヤームと話してるから行っておいで」

「わかったー。あじゃんたー、て」

返事したウィルがアジャンタの手を取って歩き出す。

その周りを土の精霊達がまるで護衛のように付き従った。

「愛されてんなー、お前の息子」

精霊に手を引かれて姉達の所まで戻っていくウィルの後ろ姿にヤームが目を細める。

その顔を横目で見たシローが視線をウィルに戻した。

「例の物、持ってきてくれたか？」

「ああ、人数分な」

ヤームが手にした袋から対になった子供用の腕輪を取り出してみせた。

「ターニャが手伝ってくれた。だが……セレナちゃんやニーナちゃんはまだしも、ウィル坊には少し早くないか？」

確かな実力者であるシローの判断であれば間違いはないのだろうが、ヤームが今回依頼されて作った物は本来もっと成長してから使う物だ。

ウィルの年齢では早過ぎる。

「ダメなら違う手を考えるさ」

笑みを浮かべるシローを見てヤームは肩を竦めた。

シローも早過ぎると分かっているのだ。

分かっていて試さざるを得ない。

そういう状況なのだ。

「分かった。後で合わせてみよう。カルツもいるし、なんとかなるだろう」

「頼む……」

息を吐くように応えるシローをヤームは鼻で笑った。

「ハッ。俺なんかよりお前の方がよっぽど苦労してそうだな」

そのままシローの肩に手を置く。

その表情には損得で揺らぐことのない気持ちのいい笑みが浮かんでいた。

「いい酒、置いてんだろうな？　王都での騒ぎもお前の心配事も、全部今夜お前の口から聞かせてもらうからな？」

「……ああ」

シローが静かに頷く。

どれだけ強くなろうと一人でやれる事には限界がある。

不安を抱えるシローをヤームは全力で支えようとしてくれているのだ。

これほど有り難いことはない。

「全て話そう」

ヤームの笑顔を見返して、シローははっきりと約束した。

◆

「カルツとヤームが何をしようとしているかだって？」

子供達の質問にスートが思考を巡らせて傍に付いていたレンに視線を向ける。

黙って頷くレンを見て、スートは子供達を庭に座らせた。

「二人は新しい魔道具を作ろうとしているのさ」

「あたらしいまどーぐー？」

首を傾げるウィルにスートが頷いてみせる。

「そうさ。魔道具を作るのに何が必要か分かるかな、セレナちゃん」

「えっと……」

顎に指を当てたセレナが思いついたものをあげていく。

「精霊石と魔力を増幅する物と……あと……？」

「大体合ってる。発動する属性の精霊石、どういう効果を発動させるかを決める魔法文字、それを彫り込む装備品などのアイテム。人の手で作られる魔道具は大抵この三つで成り立っている」

順番に指を立てながらスートが説明を続ける。

「うちのカルツは魔法文字に詳しい。魔法文字は発動したい魔法を文字に書き起こして誰にでも魔法を使えるようにする事ができるんだ。一方ヤームは腕のいい鍛冶師だ。カルツが書き起こした魔法文字を装備に彫り込んで魔道具を作る事もできる。二人揃えば新しい魔道具を作るなんて朝飯前だ」

「じゃあ二人は……」

答えに辿り着いたセレナにスートは頷いてみせた。

「ウィル坊の新しい魔法を解析して仮の腕を作ろうとしているのさ」

「はー……」

分かったのか分からなかったのか、曖昧な息を吐くウィル。

そんな弟をニーナが後ろから抱き締めて頬を擦り寄せた。

「よかったわね、ウィル！　ウィルの魔法でたくさんの人が笑顔になるわよ！」

「うにゅぅ～」

ウィルがニーナの愛情表現にうめき声を上げる。

その様子に子供達や精霊達から笑みが零れた。

「でも、勿体無いなぁ」

「んー？」

そう呟いたのはヤームの息子だ。

名をバークと言うらしい。

ウィルがバークを見て不思議そうに首を傾げた。

「だって、新しい魔法だよ？　魔法書にしたらいくらで売れるか……」

「それは……」

セレナが言い返そうとして口を噤む。

魔法の指南書というのは基本的に高額だ。

それは希少な物ほど高くなる。

ウィルの魔法はオリジナルだ。

希少さは言うまでもない。

だが、ウィルはそう言われてもよく分かってないようだ。

「あたらしいまほーはまたつくるからいーよー？」

そんな風にニコニコ言い放った。

それ自体がとんでもない事だとそろそろ教えておいた方がいいかもしれない。

あっけらかんとしたウィルにスートも可笑しそうに笑う。

「まぁ、そんなに心配しなくてもいいさ。【土塊の副腕】は知ったところでホイホイ使えるようなシロモンじゃねーし」

スートの言葉に子供達が首を傾げる。

その様子を見て傍にいたレンが補足した。

「【土塊の副腕】は必要な魔力の素養が多いのでございます。土属性を基本に樹属性と空属性が必要です……樹属性は土に加えて水属性と光属性、空属性は土に加えて風属性と闇属性。合計五つの属性を同時に発動しなければ使えないのです」

「ええ～……」

「ラティ……お前、こっそり教えてもらおうと思ってたろ？」

「だってぇ」

バークが妹に視線を向けるとラティは肩を落としたまま答えた。

「手がいっぱいあればお片付け楽じゃん……」

「お前は散らかし過ぎなの！」

二人の様子を見てセレナとニーナがクスクス笑う。

笑われて恥ずかしかったのか、バークが頬を赤く染めて頭を掻いた。

「うーん……」

姉達の様子を見ていたウィルがふと視線をレンに向けた。

「どうかなさいましたか、ウィル様？」

「れんはおつよいよね？」

「え？　はぁ……まぁ……」

ウィルの急な質問にレンが曖昧に返事をする。

「と一さまもつよかった。かるつさんもつよい。やーむさんもたぶんつよい……」

「おう、そこそこやるぜ？」

シローを伴って現れたヤームがウィルを抱き上げた。

ウィルはジーッとヤームの顔を見てコクンと首を傾げた。

「ど一してせかいじゅいけないの一？」

「ああ、それな……」

ウィルの質問にヤームが苦笑いを浮かべる。

義手を造れる目処は立ったが、ウィルはそこで満足はしていないらしい。

世界樹に行きたいのである。

ヤームはウィルを降ろして頭をポンポンと撫でた。

「単純に踏破できるだけの体力がウィル坊にないからだ」

「えー？」

「何日も強力な魔獣が徘徊するダンジョンの中を歩き続けないと世界樹にはたどり着けない。ウィル坊を庇いながら世界樹を目指すのは無理だ」

「むー！」

唇を尖らせるウィルにシローが困ったような笑みを浮かべる。

「ウィル、無理を言って父さんの友達を困らせないでくれ。ウィルが大きくなってダンジョンに行けるくらい強くなれたらどうするか考えよう」

「ほんとー？　やくそくだよー？」

「ああ、約束だ」

「わかったー」

まだ心残りがありそうな表情だが、ウィルは渋々納得した。

（ホントに行くことになりそうで怖いんだよなぁ……ウィルの場合）

本来なら、よく分かっていない子供とのなんでもないやり取りのはずなのだが。

いつか訪れそうな最難関ダンジョン攻略を想像してシロー達は思わず苦笑いを浮かべていた。

◆

「ぷれぜんとー？」

夕食を終え、一息ついたタイミングでヤームがトルキス家の子供達を並ばせた。

「なにかなー？」

期待に目を輝かせるウィルの前でヤームが手を開いてみせる。

その手にあったのは子供用の腕輪だ。

「順番にな」

「はわー♪」

ヤームが順番にウィル達の両腕に腕輪をつけていく。

伸縮性のある布で作られた綺麗な模様の腕輪だ。

「ねーさまたちも、いっしょー」

腕輪をニーナやセレナと並べてウィルはご満悦の様子。

どうやらひと目で気に入ったようだ。

「俺とターニャからだ」

「魔獣の革を織り込んで作った特別な腕輪よ」

ターニャの説明を聞きながら、子供達が思い思いに腕輪を眺める。

「ほら、あなた達。もらったらなんて言うの？」

セシリアに促されてウィル達はヤームとターニャに向き直った。

「「「ヤームさん、ターニャさん、ありがとうございます」」」

並んでペコリと頭を下げる子供達に二人が笑みを浮かべる。

ヤームが一つ頷いてから告げた。

「そいつは魔道具だ。うちの子供達もつけてる」

「「「えっ!?」」」

魔道具は高価なものだ。

セレナはその事を知っており、驚きに目を見開いた。

ウィルとニーナはその価値が分かっておらず、特別な贈り物に表情を輝かせていた。

「大丈夫だ、セレナちゃん。俺達は材料さえあれば自分で作れるんだ。手間さえかければ店で買うよりずっと安いよ」

「はい……」

ヤームが諭すとセレナもようやく子供らしい笑みを零した。

将来を予感させる可愛らしい笑みだ。

嬉しそうに腕輪を見せ合う子供達の様子を大人達はしばし堪能した。

「先にその魔道具の効果を伝えておきたいが……」

ヤームがカルツに目配せをするとカルツが笑みを浮かべて頷く。

「ウィル君。私の手を取って、障壁を張ってみてもらえませんか？」

「こぉ？」

ウィルが右手でカルツの手を握って左手の前に意識を集中した。

「あれぇ？」

いつもより時間をかけて障壁を展開したウィルが不思議そうに首を傾げる。

「どうだ、ウィル？」

「これ、へん」

シローに尋ねられたウィルがもう一度障壁を展開して眉を寄せる。

「何が変なんだ？」

心なしか真剣な表情を浮かべるシロー。

ウィルがその顔を見上げて唇を尖らせた。

「うでわがまほーのじゃまするー。ちょっとつかれる……」

「腕輪を見てみな」

「あっ……」

腕輪を見たウィルが驚きに目を見開く。

「うでわ、まりょくですこしひかってるー。すごいー」

「カルツ、どうだ？」

シローがウィルからカルツへ視線を向けると、カルツはいつものニコニコした様子で頷いた。

「特に問題なさそうですね。少なくとも、急に魔力切れを起こしたりなんてことにはならないでしょう」

「そうか」

ひとまず安心して、シローがウィルの頭を撫でた。

「この腕輪は魔法を使うと少しずつ余分に魔力を吸収する効果がある。魔力の枷《かせ》だな」

「「かせー？」」

ウィルとニーナが揃って首を傾げた。

「魔力につける見えない重りみたいな物かしら……」

なんとなく意味を理解したセレナが顎に指を当ててウィル達に説明する。

それを聞いたシローが頷いた。

「セレナの言う通り、その腕輪を付けた状態で魔法を使うには普段より強く魔力を込めて、多く魔力を消費する必要がある」

そうして常に魔力に負荷をかける事により、解放時の魔力強化を図るのだという。

「でも、疲れちゃってから腕輪外しても意味ないんじゃ……？」

「問題ないよ。この腕輪は解放した時に今まで吸収した魔力を持ち主に返還する効果がある。解放すれば魔力は回復し、さらに一定時間魔力を強化してくれるんだ」

つまり、常時魔力の修練に励みながら、緊急時には強化アイテムとして役立ってくれるのである。

「うーん……」

シローの説明を聞いて、セレナが唸る。

魔道具としての効果は分かる。

だが、常に魔力を抑え込まれていては咄嗟の時に対応が遅れるのではないか。

そう思ってセレナがシローに視線を向けると、シローは楽しむような笑みを浮かべてセレナを見ていた。

その顔は「自分で考えてみて」と言っているようだ。

セレナは敏《さと》い子だ。

少し考えれば自然と答えを導き出せた。

（あ……そういう事ね）

父達の意図に気付いてセレナが納得する。

この腕輪は枷であり、強化アイテムだが、その存在を他人に知られてはならない。

知られるという事は弱みを知られる事であり、強みを失うという事だ。

つまり、腕輪を付けた状態でも付けていない人間と変わらぬ実力が発揮できなければならない。

「この腕輪を付けても他の子と変わらないくらい魔法を鍛えなさい、って事ですね」

セレナの答えにシロー達は満足げに頷いた。

セレナと大人達のやり取りを聞いていたニーナも腕輪の意味を理解してやる気に満ちた表情をしている。

その横でウィルだけが未だ意味が理解できず、ぽかんとしていた。

「ウィルはできるかな？　腕輪をつけたまま、魔法を上手に使えるようになるんだぞ？」

笑みを浮かべたシローに頭を撫でられたウィルがムッとした表情になった。

「できるもん！　うぃる、うでわつけててもへいきだもん！」

どうやら魔法が使えないと思われていると解釈したらしい。

唇を尖らせてプイッと横を向いてしまった。

その仕草が可愛らしく、周りから笑みが零れる。

「じゃあ、お姉ちゃんと競争ね！」

「ひゃー！」

ニーナがウィルを抱き締めて頬擦りすると、ウィルはくすぐったそうに身を縮こまらせて笑顔になった。

そんなやり取りに目を細めたカルツが子供達を見回す。

「では少し、腕輪をつけたまま魔法を使ってもらいましょうか。腕輪の反応も見たいですし……」

「「はーい！」」

子供達は元気良く返事をすると、カルツに従って魔法の修練を始めるのだった。

◆

「子供達は寝たかい？」

リビングに入ってきたセシリアにシローが問いかけると彼女は優しい笑みを浮かべた。

「はい……ウィルは腕輪をとても気に入ったみたいです。抱えたまま寝てしまいました」

「そっか……」

シローもまた、優しい笑みを浮かべる。

我が子の寝姿がなんとなく頭に浮かんだ。

「ヤームさん、ターニャさん、ありがとうございます」

セシリアがソファーに腰掛ける二人に頭を下げるとターニャが慌てて立ち上がって頭を下げ返した。

「そ、そんなセシリア様！　こちらこそ、拙い贈り物をお受け取りくださり、誠にありがとうございます！　ほら、あなたも立って！」

座ったままのヤームをターニャが睨みつける。

それをヤームが半眼で見返した。

「だから、俺とセシリアさんは友達なの。お前にも、そう振る舞って欲しいって……セシリアさん、言わなかったか？」

「そ、それは……」

モゴモゴと言い淀むターニャを見て、セシリアが微笑んだ。

「そうですね。ターニャさんにも私を友人として見て頂きたいです」

「そう仰られましても……」

ターニャが困り果てるのも無理はない。

公爵令嬢にいきなり友達になって欲しいと言われても平民のターニャには身分が気になって仕方がないのだ。

だがしかし、セシリアにもそう願う理由があった。

ターニャに腰掛けるよう勧めながら、セシリアがシローの隣に腰掛ける。

「貴族を辞した私には心から話せる友人が少ないのです」

「あ……」

ターニャは納得した。

貴族を辞めるという事は貴族との関わりを断つという事だ。

今までの交友も殆ど残ってはいないだろう。

だからといって平民のように振る舞えるかといえばそうではない。

皆、ターニャのように公爵令嬢として意識してしまうのだ。

まともに話せるわけがない。

「私達、【大空の渡り鳥】はシローが結婚する際、セシリアさんの友人になりました。友人であるヤームの奥さんなんですから、ターニャさんもセシリアさんの友人ですよ」

カルツが執り成すと、ターニャは戸惑いながら承諾した。

「宜しくお願いします、ターニャさん」

「こちらこそ、宜しくお願い致します」

まだ少々ぎこちないやり取りで頭を下げ合うセシリアとターニャ。

その様子を微笑ましく見ていたシローがソファーに預けていた体を起こした。

「……さて」

表情を真剣なものへと切り替えて周りを見回す。

今、この場には使用人達も含め、トルキス家に住まう大人達が全員顔を揃えていた。

「本題に入ろうか」

全員がシローに視線を向ける。

先日起こった王都での事件。

その詳細と調査結果を話しておきたい——シローはそう言い添えた。

本来、個人が王国で起きた事件の調査結果を口外する事はない。

シローもフェリックス宰相の許可は得ている。

上層部に許可を得てまで懸念している事がシローにはあるのだ。

シローは事件の流れを一通り説明した。

「今回、王都で起きた事件はカルディ伯爵の謀反であると調査機関が結論づけた」

「……普通だな。何をそんなに懸念してる？」

ヤームの疑問にシローが少し間を置いてから答えた。

「謀反の終わり際に首謀者と思われる人物がうちの子供達を強襲した」

「んん……？」

ヤームが首を傾げる。

その反応はカルツも同じだったようで少し身を乗り出した。

「そのカルディ伯爵が首謀者ではないのですか？」

「カルディ達は恐らく首謀者の手で、実行犯は全員装備した魔道具に殺された。しかも実行犯の大半は国外から集められたらしい……身元が照合できない」

外部からの侵入。

言うのは簡単だが気付かれずに人を集めるのは容易いことではない。

「証拠は？」

「ないな……だが」

カルツの追求にシローが座り直した。

懐から何枚か硬貨を取り出し、テーブルに置く。

「謀反の前にカルディの息子が事件を起こして、その関係者が牢屋に入れられていた。そいつらは正規の手続きで雇われてた私兵で謀反の事は聞かされていなかったらしいが……その中の一人がこいつの存在を明かしてくれた」

「こりゃあ……」

ヤームとカルツが硬貨を拾い上げて唸る。

「東方の通貨ですね……」

「こっちのは南方の通貨だ」

世界で流通している通貨は何種類か存在し、単位は似たりよったりだがデザインに違いがある。

地域によっては両方の通貨が取り扱われていたりもするが、フィルファリア王国では稀だ。

「私兵の数が多すぎたのか、時折国外の通貨で報酬の支払いが行われていたらしい」

「そのカルディとやらが外交関係の職務についていたのなら、考えられない話ではないですが……」

カルツの発言にシローが首を振る。

「そんな事実はないな」

「だとすると国外の何らかの組織と繋がりがあったと考えるのが妥当だな」

「その何らかの組織が最後に子供達を狙った事を気にかけているという訳ですか」

ヤームの後を続けるカルツにシローは頷いた。

「確かに、謀反鎮圧の中心にいたのはウィルだ。だが、組織の存在が明るみに出る危険を冒してまで子供達を狙った理由は何だったのか……」

「うーん……」

腕を組んだヤームが天井を見上げる。

カルツも目を瞑って思考を巡らせた。

「シローは敵の狙いがウィル君だったのでは、と疑っているのですか？」

「状況的にその可能性は低いと思ってはいるんだが……」

シローが力無く笑う。

そうとは思っていても狙われたのが我が子では正常な判断が下せない、ということなのだろう。

セシリアも表情を曇らせている。

カルツは眼を開くとシローを見返して、いつもの笑みで頷いてみせた。

「最初からウィル君が狙われたのではない事は状況的に明らかです。だからといって安心してくださいとも言い切れませんが。問題は別にあります」

「んー？」

天井を見上げていたヤームがカルツに視線を向ける。

「まず一つ目が、私の知る限り装備して命を奪われるような魔道具に心当たりがない事、もう一つはシローの言ったように、謀反の失敗が確定したタイミングで子供達に手を出した事です」

カルツの笑みがどことなく不敵なものへ変わっていく。

「シロー、当然話に出した以上、私にその魔道具を見せてくれるのでしょうね？」

「あ、ああ……」

気圧されたシローがこくこくと頷くと、カルツは満足した様子でソファーに背中を預けた。

「興味を示すのは分かるが、子供達の事は？」

呆れたような表情で促すヤームにカルツはいつも通りの笑みを浮かべる。

「そのまま手を出さなければ暗躍をうやむやにできたのにそうはせず、姿を見せたと言う事ですよ。随分とまぁ、自己主張の激しい首謀者さんですね」

「確かに……」

顎に手を当てるヤーム。

カルツは指を一本立てて宙に踊らせた。

「手駒をあっさり切り捨てたという事は首謀者にはこの国への執着が無かったことを意味します。にもかかわらず、姿を見られる事を承知でトルキス家の子供達に手を出している。国の調査機関に尻尾を掴ませないほどの首謀者が、です。不思議ですね？　いったい、なんの為に？　何がそうさせたのでしょうか？」

「謀反を食い止めたウィルを脅威に思った、とかですか？」

黙って聞いていたセシリアが尋ねるとカルツは頷いた。

「そう考えるのが自然ですね。つまり、首謀者には別の目的がある。カルディの謀反を成功させる事でもトルキス家の子供達に手をかける事でもなく。優秀な子供達がやがて邪魔になるであろう何か。姿を見られる事と天秤にかけて、子供達に手を出した」

「うーん……なんかこう、フワッってしてんな」

　ヤームが眉根を寄せる。

　シローも黙って考え込んだままだ。

「目的は正直分かりませんね。規模は大きいでしょう。手駒をあっさり捨てておいて、存在自体は隠さない。名乗りを上げるつもりはまだないが、暗躍はする。むしろ、そういう組織がある事を印象付けたいのかもしれませんねぇ……」

　しんと静まり返るリビング。

　ややあってレンがシローの方へ視線を向けた。

「シロー、その……師匠とは連絡を取ったんですか？」

「いや、まだだ」

「せめて情報の共有だけでもしておいた方がいいのでは？　詳しく話せないにしても……」

「そいつは名案だな。ロンなら何か嗅ぎつけてる可能性もあるし……」

　レンの進言にヤームが相槌を打つ。

　シローも納得して頷いた。

「分かった。ロンとライオットにも連絡してみよう」

「……ライオットは結構です」

ムッとしたレンの表情に周りから笑いが零れる。

シローも苦笑してから肩の力を抜いた。

「さて、俺から言いたい事は片付いた。あとは大人達で親睦でも深めるとするか」

憑き物の落ちた笑みを浮かべ直したシローが控えていたトマソンに目配せをすると、トマソンが合図を送り、メイド達が飲み物を配って回った。

「主人も使用人も関係なし！　皆、飲み物持ったか？」

シローが全員の手に飲み物が行き渡った事を確認して、視線をセシリアに向ける。

セシリアはその視線に頷き返すと笑みを浮かべて杯を掲げた。

「それでは、【大空の渡り鳥】とその友の再会を祝して。乾杯」

「「「乾杯！」」」

セシリアの音頭に合わせて全員が杯を掲げ、大人達はしばらく再会の宴に酔いしれた。

第二章

二人の未来に祝福を

episode.2

will sama ha
kyou mo mahou de
asondeimasu.

「いいか？　よーく見てろよ？」

子供達を前に座らせたヤームが携帯用の精霊のランタンを分解していく。

型にそって丁寧に分けられたそれを子供達が見やすいようにテーブルへ並べた。

「おー」

分けられたランタンをツンツンしながら、ウィルが興味深そうな声を上げる。

「ここな。ランタンの底の部分。大抵のランタンはここが軽量化の為に空洞になってんだ」

ヤームが説明しながらランタンの底をねじると、言った通り、ランタンは二重底になっていた。

それには子供達が揃って感心したような声を漏らした。

「俺達鍛冶師が見ればすぐ分かるが、意外と知られてねぇ」

驚いた子供達に気を良くしたヤームが笑みを浮かべ、皆に見えやすいように二重底を見せる。

「この二重底、実はランタンの機能には全然関係ない。なんで何かを収納する事もできる」

「えー？　でも、こんなに小さいんじゃ……」

眉を寄せるニーナ。

その横でセレナも小さなランタンの底に入るような物を考える。

「相手に知られず携帯しておける、ってのはそれだけで便利なもんだ。覚えておいて損はねぇ……例えば……」

ヤームは四角い紙片を取り出して子供達に見せた。

「この魔法紙と魔法文字を組み合わせると魔力を流しただけで魔法文字で記した魔法を使う事ができ

る。杖がなくても魔法紙で魔力を増幅できるし、魔法文字を書いて折り畳んで入れておけば色んな時に役立つぞ」

「とはいえ、子供の内はあまり危険な魔法効果のある文字は使わないで下さいね」

リビングに姿を現したカルツが付け足すと振り向いたニーナが眉根を寄せた。

「私、魔法文字なんて知らないわ」

幼い時分から魔法文字に慣れ親しんでいる子供の方が少ない。

にっこり微笑んだカルツは腕を振ると魔法を発動して何もない空間に揺らぎを作り出した。

その中に手を突っ込んで何かを引き出す。

「はい、どうぞ」

カルツがニーナに差し出したのは一冊の本だった。

ニーナがキョトンとした様子で本とカルツを交互に見る。

「これは私が記した魔法文字に関する本です。世界にこの一冊しかありません。基礎から応用まで網羅されていますので勉強されるのであればお貸ししますよ」

「せ、世界に、一冊の……【魔法図書】直筆の魔法書……」

離れたところで様子を窺っていたエリスが口をパクパクさせているが、差し出された本人である
ニーナは嫌そうに顔をしかめた。

「えー……勉強ぉ……」

ニーナはどうも座学が苦手らしい。

その横でセレナが小さく手を上げた。

「私、読みたいかも……」

セレナの主張に頷いたカルツは口をパクパクさせ続けているエリスの方に視線を向けた。

「折角です。あちらのメイドさんに写本してもらいましょう。覚えておいて損はない知識ですが、量も多いので……」

「よ、よろしいのですか!?」

飛び上がるように姿勢を正したエリスがカルツに詰め寄る。

気圧されながらも笑みを浮かべたカルツが頷きつつ、魔法書をエリスに手渡した。

「え、ええ……後々、ウィル君に教える時も必要になるでしょうし、秘密にしてもらえるなら写本の一つや二つ……」

「はぁぁぁ……ありがとうございます！　一生、大切にします！」

「いえ、差し上げるとは言ってな――」

カルツが言い終える前にエリスはクルクル踊るようにリビングを出て行ってしまった。

「あの子ったら、もう……」

カルツとエリスのやり取りを見ていたセシリアが苦笑いを浮かべる。

魔法で名を馳せたカルツの魔法書だ。

魔法使いであるエリスがその魔法書に携われる事を喜ぶのも無理はない。

「ごめんなさい、カルツさん。エリスには私から言っておきますから」

「ははっ……」

同様に苦笑いを浮かべるカルツの背中を半眼のヤームが突いた。

「おい……こっちでも問題が発生してるぞ？」

「はい？」

振り向いたカルツが目の前の光景に絶句する。

「ねーねー！　これなに？　なんのまほー？　ねーねー！」

ウィルが瞳をキラキラと輝かせながらカルツを見上げていた。

その手の前でカルツ同様に空間を魔力で揺らがせながら。

その様子にセシリアは小さくため息をついた。

「真似ちゃったのね、ウィル……」

もうお馴染みになってしまったウィルの魔法の再現である。

しかも、用途が分からないまま使用してしまったらしい。

揺らぎを振り回しながら、ウィルが楽しそうにカルツのズボンを引っ張る。

「これ、なーにー？」

「ええっと……」

苦笑いを浮かべながら頭を掻くカルツにヤームが「アホ」と小声でツッコんだ。

ウィルの前でむやみに魔法を使わない方がいいというのがトルキス家での共通認識である。

「まぁ……危険な魔法ではありませんし……」

カルツは自分に言い訳をしつつ、ウィルの前にしゃがみ込んだ。

「ウィル君、これはですね……大切な物を入れておく魔法です」

「いれておく……！」

カルツがウィルの目の前で再度魔法を使い、揺らぎから中の物を出したり入れたりしてみせた。

「魔法の鞄？」

セレナの呟きにカルツが笑顔で頷く。

「ええ。同じような原理ですよ」

魔法の鞄は主にダンジョンなどで発見される鞄で、見た目以上の収納が可能だ。

高価だが大人気の魔道具である。

元は普通の鞄がダンジョンの魔力にあてられて生成されると言われている。

「ただ、魔道具と違ってそんなに沢山入れられないという欠点はありますが……」

「おもしろーい♪」

「便利ね！」

ウィルが近くにあったティーカップを入れたり出したり、それを横で見ていたニーナが感心したように目を輝かせた。

「でも、こんな便利な魔法……なんで皆使ってないの？」

これだけ実用性がある魔法なら生活に根差していても不思議ではない。

その事に疑問を持ったセレナにカルツが笑顔のまま頭を掻いた。

「えーっと、それはですね……」

「空属性の秘匿魔法だからさ」

カルツの代わりに宙に浮かんだスートが答える。

それをヤームが続けた。

「さっきも言ったが、相手に知られず携帯できるっていうのはそれだけで便利なもんなんだ。秘密にしておきたいって考えるのが普通だな」

「まぁ、元は空属性の精霊のお遊びみたいな魔法だしな」

ヤームとスートの言葉に子供達は感心しきりだ。

「あとで教えて差し上げますよ。でも秘密にしてくださいね？」

「「ほんと!?　やったー！」」

取り繕うカルツに子供達が表情を輝かせて笑顔を花咲かせる。

その表情に気を良くしたカルツがうんうんと頷いて、指を一本立てた。

「でも、先ずはこちらが先です」

一枚の紙を取り出したカルツがヤームに手渡す。

「おお。もうできたのか」

「ええ。精霊の協力もありましたし」

紙に視線を落とすヤームの横からウィルが覗き込む。

それに気付いたヤームが笑みを浮かべてウィルの頭を撫でた。

「なにー？」

「仮の腕を造る魔法文字だ。次は俺の見せ所だな……」

「おー！」

歓声を上げるウィルから手を離し、立ち上がったヤームがセシリアに視線を向ける。

「どこか工房が借りられれば、すぐにでも形にできるんですが……」

「分かりました。トマソン」

頷いたセシリアが傍に控えていたトマソンを呼び寄せる。

「はっ」

「マイナを呼んできて下さい。あの子ならすぐ借りられる工房へ案内してくれる筈です」

「畏まりました」

トマソンは頭を下げるとすぐにリビングを出ていった。

セシリアも立ち上がり、ウィルの傍まで歩み寄る。

「さぁ、ウィルもお出かけの準備をしましょうね」

「あーい」

促されたウィルは元気良く返事をして出かける準備を始めた。

王都レティスの鍛冶師工房は冒険者ギルドからほど近い場所に点在している。

その中の一つに静かな工房があった。

昼間だというのに灯りが消え、炉に火も入っていない。

そんな工房の隅に男が一人、ただぼんやりと室内を眺めていた。アーガスである。

先日、魔獣騒ぎで失った片腕は短い肩掛けで隠れていた。

その上から残った手で肩掛けを撫でつけ、無い腕を確認し、失望する。

彼は薄暗い工房の片隅で幾日もそれを繰り返していた。

（工房……売っぱらわねぇとな……）

鍛冶師として独り立ちして初めて持った自分だけの工房だ。

使い込んだが、手入れも欠かしておらず、今なおその機能を十分に発揮してくれている。自慢の工房だ。

そこそこいい値で売れてくれるだろう。

妻の造る装飾品と国からの保障で十分暮らしていける筈だ。

一般の居住区へ移り、静かに暮らすのもいい。

そこまで考えたアーガスは残った手で毟《むし》るように頭を掻いた。

（……未練だよな）

もう鍛冶屋など営めない身であり、この工房が自分にとって無用になったとしても。

手放し難い程の愛情をこの工房に注いできたのだ。

おいそれと手放す事などできようはずもなかった。

「くそっ……」

小さく呟いた彼の声はそのまま薄暗い工房に溶けて消えた。

そんな意気消沈するアーガスを影から見守る者が一人、覗き込むように立っていた。

小さな女の子だ。

アーガスの娘である。

いつもいつも、彼女はこうしてアーガスの背中を見ていた。

怪我をして以来はこうして落ち込むアーガスを見守っている。

元気のない父を励ます言葉が見つからず、傍に居られないもどかしさを感じていた少女はふと店の方が少し騒がしくなって顔を上げた。

（おきゃくさん……？）

今は母が店番をしている筈だ。

店の方と父を交互に見た少女は父の事を気に掛けつつ、母の様子を見にその場を後にした。

◆◆◆◆

「こちらがアーガスさんの工房兼お店です」

マイナに案内されてウィル達は店の中へと入った。

「ふあー♪」

「勝手に触ってはいけませんよ、ウィル様？」

綺麗に並べられた武器や防具を見上げて声を上げるウィルにレンが釘を刺す。

それ程大きくない店内に人が詰めかけた為か、驚いたように店番をしていた女性が近付いてきた。

「あ、あの……武器をお求めですか？」

近くの剣を手に取って、刀身を確認していたヤームに女性が話しかける。

「いや……」

ヤームは剣を置いて視線をマイナに向けるとマイナが女性の前に進み出た。

「私達はトルキス家の使いで来ました」

「ト、トルキス家の……？」

王都レティスに住んでいてトルキス家を知らぬ者はいない。

驚きを隠せないでいる女性にマイナは笑みを浮かべた。

「はい。ご相談がありまして。アーガスさんはご在宅ですか？」

「え、ええ……ですが主人は……」

アーガスが腕を失った事はトルキス家の者であれば知っている筈だ。

肩を落とす女性の視界に下から見上げてくるウィルが映った。

じー、っと見上げてくるウィルに女性が落ち込む気持ちを抑えて笑みを浮かべるとウィルもにっこり笑顔を返した。

「こんにちはー」

「こんにちは」

「うぃる、おじさんにあいにきました！」

「そう……」

「そー！」

笑顔を失わないウィルを眩しく感じて目を細める女性にウィルははっきりと伝えた。

「えがお、もってきた！」

なんの事か分からず首を傾げつつ、女性はウィル達を奥へと案内してくれた。

「ラテリア、お父さんを呼んできて」

途中、様子を窺っていた娘を先に行かせ、一行は工房へと足を踏み入れた。

娘にしがみつかれたアーガスがのろりと顔を上げ、次いでウィル達に気付いて腰を上げた。

「はは、みっともない姿を見せちまったな」

照れたように頭を掻くアーガスの足にウィルがしがみつく。

「こんにちはー」

「おう、こんにちわ。ウィル様」

アーガスが頭を撫でるとウィルは気持ちよさそうに目を細めた。

その様子を見ていたヤームが工房を見渡す。

「ところで、今日は何の用だい？」

「ご相談したい事がありまして……」

アーガスの疑問にマイナが答えようとして、その横からポツリとヤームが呟いた。

「いい工房だな。手入れがしっかり行き届いてる」

ヤームの言葉にアーガスが一瞬キョトンとした。

それから自嘲気味に笑う。

「へへ、そりゃどうも。なんなら高く売るぜ？　どうせ俺にはもう必要のないものだ」

「あなた……」

寂しそうな表情を見せる女性にアーガスが決まりの悪そうな顔をした。

しょうがない事とはいえ、それがアーガスにとってどれだけ辛い事か彼女には分かっているのだ。

だが、ウィルは知っている。

ここに来たのはそんな悲しそうなアーガス達を笑顔にする為であることを。

「やーむさん」

「分かってるよ、ウィル坊」

見上げてくるウィルに頷き返したヤームが袖を捲くった。

「悪いが買い取りは無しだ。ちっとばかし工房を借りるぜ？」

持ち込んだ材料を台に置き、ヤームが仕事道具を広げる。

「お、おい……？」

静止の声をかけようとしたアーガスがヤームの仕事道具に目を奪われて口を噤んだ。

「分かるか？　そうだろうな。安価な剣一本にあれだけ丁寧な仕事する人間だ。道具の目利きができねー筈ないわな」

「あんた、いったい……」

呆然と呟くアーガスも既にヤームの仕事を見守る態勢にあった。

カルツも様子を窺っていた子供達に視線を落とす。

「子供達も見ていなさい。【祈りの鎚】の仕事を目の当たりにする機会なんて、そうはないですよ？」

「…………っ！」

アーガスが息を呑むのが伝わる。

ヤームは静かに己の仕事をし始めた。

とはいえ、今回作る物はそれ程大掛かりなものではない。

黙々と作業を熟《こな》す姿を見た娘がアーガスのズボンを掴んだ。

「どうした？」

「あのひとのせなか、おとーさんにそっくり……」

「…………！」

娘の言葉にアーガスの胸が詰まる。

噂に名高い【祈りの鎚】と似ていると言われたのだ。

油断すると涙が出そうだった。

声だけを聞いていたヤームの口元が緩む。

「そりゃ、そうさ。嬢ちゃんのお父さんだってな、使う人間が無事であるように心を込めて仕事してんだ。誇りに思っていいぞ」

「……うん」

少女は小さく頷いて、ヤームの仕事に見入った。

父の姿と重ねるように。

しばし、そうして時が過ぎ、ヤームの手には仕上がった二本のネックレスが握られていた。

「ネームタグですか」

できたネックレスを手渡されたカルツがポツリと呟く。

「ああ。性質上、この方がいいと思ってな」

「流石ですね」

根元に精霊石を嵌め込まれた少し豪華なネームタグ。

二枚の銀を板状に重ね合わせたそれは内側に魔法文字が刻まれた魔道具だ。

「さぁ、ウィル君」

「あい！」

カルツからネームタグを受け取ったウィルがそれをアーガスに差し出した。

「つけてー」

「……俺がか？」

ネームタグを差し出すウィルとヤームを交互に見ながらアーガスが尋ねる。

「そーだよー」

「そいつはウィル坊の願いの結晶だ。いいから使ってみな」

ヤームに促されてアーガスがウィルからネームタグを受け取り、魔力を込める。

魔力に反応したネームタグの精霊石が光を放ち、魔法文字がその効果を具現化し始めた。

「おお……！」

「あなた……！」

失った腕の先に魔力が集まり、土属性の腕が形成されていく。

「う、腕が……」

呆然と呟くアーガスの目の前で魔法の義手が完成した。

閉じたり開いたりと感触を確かめるアーガスの義手をカルツが手で触れて確認する。

「ひとまずは大丈夫そうですね。ですが、無理はしないでください」

「これはいったい……」

どこかうわの空のアーガスにカルツが微笑みかけた。

「ウィル君が作り出した魔法を元にした魔道具です」

「作り出した……？　魔法を……？」

聞き慣れない言葉にアーガスが視線を下げる。

「えへー♪」

ウィルが照れたような笑みを浮かべていた。

アーガスが失った腕をもう一度見る。

そこには義手がある。

自分の思い通りに動く、魔法の義手が。

これなら、また鎚を振るえる。

その事実にアーガスが先程とは違う意味で言葉を詰まらせた。

「あなた……」

彼の妻は嬉しそうに泣いていた。

アーガスも感極まって涙を溢れさせた。

「後は経過を観察したいところですが……いい治癒術士がいてくれればいいんですけど」

「だったら、まえるせんせーにおねがいしよー」

カルツの言葉に反応したウィルが最近お気に入りの治癒術士の名を口にする。

「マエル……？　そうですね。マエル氏にお願いできれば心強いですね」

「ねー♪」

マエルは国内でも有数の治癒術士だ。

初めて見る魔法の処置でも適切に対応してくれるだろう。

「その、ウィル様……それにヤームさん達もなんとお礼を申し上げてよいやら……」

妻と娘を並べたアーガスが頭を下げる。

それに対してカルツもヤームも特に気にした様子もなく笑みを浮かべた。

「礼はウィル君に。ウィル君が仮の腕を魔法で作ろうと考えなければ成しえなかった事です」

「そいつでまた、いい仕事してくれよ」

「はい……！」

アーガスが力強く頷いて、視線をウィルに向けた。

「ウィル様……ありがとうございます」

「ううん」

ウィルが首を横に振る。

不思議そうに見下ろすアーガスにウィルは言った。

「うぃる、いまはそれくらいしかできないけど……」

どこか肩を落とすウィル。

他の者から見れば魔法の義手は偉業と言っても差し支えないものなのだが。

ウィルの目標はもっとずっと先なのだ。

「うぃる、いつかさいせーまほうおぼえて、おじさんのおてて、もとにもどしてあげるからね！」

「ウィル様……そのお気持ちだけでも……」

アーガスが声を詰まらせる。

正直、十分だった。

伝承に残るような魔法の習得など、生涯をかけて達成するようなものだ。

アーガスはウィルの人生を縛るような真似をしたくなかった。

だが、このウィルの決意に食い付いた者がいた。

「なおるの……？　おとーさんのおてて、なおるの？」

「ラテリア……」

アーガスが自分の娘を窘《たしな》めようとするより早く、ウィルが前に出る。

「なおるよ！　せかいじゅにいければ、きっと！」

「…………！」

少女の顔が驚きから決意に変わる。

大人達は世界樹に到達する事がどれほど難しいか理解している。

だが、そんなものは可能性の塊である子供達には些細な事だった。

「うぃる、まだよわいからだめだけど……いつか、きっと」

「じゃー……わたしもいく！」

「えっ……？」

ウィルは自分で熱く語っといて、誰かが付いてくることは想像していなかったらしい。

「あ、あぶないよ?」

(((自分は危なくないと思ってるのか……)))

周りのツッコミをよそに驚いたような表情を浮かべるウィル。

だが、少女の意志は固かった。

「わたしのおとーさんのおてでだもん!」

「むぅ……」

困り果てたウィルに少女は手を差し伸べ、小指を立てた。

「わたしも、せかいじゅにいく」

「じゃ、じゃあ……できることから……」

気圧されたウィルがシローやレンの受け売りを述べながらそろそろと手を伸ばす。

ラテリアはその手の小指にしっかりと自分の小指を絡ませた。

「やくそく!」

「あ、はい……」

周りの人々は普段見られないたじたじするウィルを見ながら、目指すものの困難さを忘れ、思わず笑っていた。

◆◆◆◆

フェリックス宰相は自宅の応接室で深いため息をついた。

彼の隣には同じく深刻そうな表情を浮かべる妹のリリィがおり、対面には中年の男が二人座っていた。

どちらもフェリックスのフォランド家に縁のある者達だ。

「私は反対です。フェリックス様……」

対面した男の片方が力無く進言する。

それを聞きながら、フェリックスは部屋の隅に目をやった。

そこには先日の魔獣騒動で片腕と片足を失った執事のジェッタとその横に寄り添うメアリーの姿があった。

発言したのは、ジェッタの父親だ。

そして、無言で目を伏せているのがメアリーの父親である。

両家はフォランド家が下級の貴族であった頃よりの付き合いであった。

「我が子の悲劇には胸が引き裂かれんばかりですが、それとこれとは話が別……苦労すると分かっていて、メアリー嬢の願いを聞き届けるわけには……」

「それは私にも分かってはいるのです……」

フェリックスがジェッタの父親の反論をやんわりと抑える。

事の発端はやはりジェッタの怪我にあった。

一命はとりとめたものの、腕と足を失ったジェッタに執事として働く事は最早できず、彼はフェリックスに退職を願い出た。

フェリックスからしてみれば、その怪我は妹であるリリィを守る為に負ったものだ。

国からの保障と合わせて自らも援助しようとフェリックスは考えていた。

しかしジェッタはその申し出を断り、フォランド家を出る選択をした。

これからが大事な時に主の重荷にはなれない、と。

そうした決意を固めるジェッタに、今度はメアリーが付き添うと言い出した。

片手足を失っては日常の生活にも支障が出る事は想像に難くない。

メアリーもまた退職してジェッタの傍にいる事を望んだのだ。

これに対し、ジェッタは反対したがメアリーの意思は固く、お互いの気持ちを確かめ合った二人は共にフォランド家を出る事にした。

働くあてもなく、苦難の道を行こうとする二人にフェリックスはもちろん、両家の親も待ったをかけた。

どう考えても楽な生活など送れまい、と。

「メアリー嬢……そなたの気持ちは嬉しい。しかし……」

「ありがとうございます。ですが、私の想いは変わりません」

ジェッタの父親の言葉にメアリーは静かに、しかし力強く応えた。

ジェッタの父親がメアリーの父親に視線を向けるが、彼は黙ったままだった。

娘の意志をじっくりと反芻しているようにも見える。

次ぐ言葉が見当たらず、フェリックス達は困り果てて小さく息を吐いた。

反対なものは反対だ。

しかし、彼らに声を荒らげるつもりは毛頭ない。

なぜなら両家は共にフォランド家を支えてきた者同士であり仲が良く、お互いの家の者が結ばれるのはむしろ良縁であったからだ。

今回のような事態でなければ。

（いったい、どうすれば……）

黙ったまま、事の成り行きを見守っていたリリィも胸中で深くため息をついた。

このままではジェッタとメアリーが添い遂げようと誰も幸せになれない。

とはいえ、彼女に名案はなかった。

（どうすれば……）

皆が笑顔になれる方法を、と。

考えたリリィの脳裏に小さな小さなウィルの笑顔が微かによぎったような気がした。


「ここ〜？」

ウィルが立派な邸宅を見上げて、ぽかんと口を開ける。

それにマイナが笑顔で頷いた。

「はい。こちらがフェリックス・フォランド宰相のお宅です」

ウィルのおかげで一命を取り留めたジェッタという青年はこのフォランド家の執事として住み込みで働いていたのだ。

その事を説明するとウィルはコクコクと首を縦に振った。

因みに、他の子供達を宰相の所へ連れて行くわけにもいかず、今はウィル、マイナ、レン、カルツ、ヤームの五人でフォランド邸を訪れていた。

「ごめんくださいなー」

ウィルが元気よく門の中へ声をかける。

フォランド邸の門番は二人いて、その内の一人がウィルの方へ歩み寄ってきた。

門番がちらりとレン達の方を窺い、ウィルに視線を向ける。

「ごきげんよう、お坊ちゃん。フォランド家へ何用かな？」

メイドを連れている事でウィルの出自に当たりをつけた門番が丁寧に対応する。

子供の為のリップサービスかもしれないが。

そんな事は気にした様子もなく、ウィルが答える。

「おにーさん、いませんかー？」

「おにーさん？」

門番が聞き返すとウィルは「そー」と答えて頷いた。

「おけがしたおにーさん」

「ジェッタの事か……」

ウィルが誰の事を言っているのか理解した門番は表情を曇らせた。

「ジェッタは今、少し込み入った話をしている筈だ。取り次ぐのは難しいな」

「えぇー？　あえないのー？」

「すまんな、坊っちゃん」

「むぅ……」

申し訳なさそうに謝ってくる門番にウィルが頬を膨らませて唇を尖らせる。

「うぃる、おにーさんにあいにきたのになー」

「ウィル……？」

ウィルの名前に反応した門番が視線をレン達の方へ向けた。

「申し遅れました。私達はトルキス家の使いの者です」

「トルキス家の……」

前に進み出たレンが告げると門番がもう一度ウィルを見下ろす。

その視線をまっすぐ見返してウィルは笑顔を浮かべた。

「うぃるべる・とるきすです」

「あなた様が……」

ウィルの名乗りに門番は感慨深そうに呟くと、ウィルの前で膝をついた。

「この度はジェッタの命をお救い下さり、ありがとうございます」

「えへー」

丁寧に礼を述べる門番にウィルが頭を掻いて照れる。

「うぃるね、おにーさんにぷれぜんともってきたのー」

「プレゼント……？」

「みんながえがおになるぷれぜんとなのー」

「込み入った状況なのは承知しておりますが、なんとかお取り次ぎだけでもお願いできませんか？」

不思議そうな顔をする門番にレンがウィルの代わりに願い出た。

すぐに会えるかどうかは別にしても用があることは伝えておかなければならない。

「畏まりました。どうぞ中でお待ち下さい」

門番は立ち上がるとレンの申し出に快く頷いて、ウィル達を屋敷の中へ通してくれた。


「……決意は固いのだな？」

「はい……」

己の父に問われたメアリーが静かに頷く。

それを見たメアリーの父親は小さく息を吐き、視線をフェリックスへ向けた。

「宰相。娘の意志は固いようです。一緒に行かせてあげてください」

「そんな……よろしいのですか？」

狼狽したのはジェッタの父親である。

当然だ。メアリーに苦労をかけるのは自分の息子なのだから。

「メアリー……」

静かに成り行きを見守っていたリリィがメアリーに声をかけると、父親の許しを得たメアリーが今までよりも少し表情を和らげてリリィを見返した。

「私は望んでジェッタと共にあります。一つ心残りがあるとすれば、リリィ様とガイオス様が寄り添い合う姿を近くで見られない事でしょうか」

「もう……こんな時まで……」

場を和ませようとしたメアリーの冗談だったのだが、リリィはそうと分かっていても頬を赤らめた。

その様子にフェリックスが思わず笑みを浮かべる。

ここにいる者達は皆付き合いが長い。

リリィの想い人がガイオスである事くらい知っているのだ。

一同が和む空気と別れの寂しさを感じていると、戸をノックする音が響いた。

「………？　どうぞ」

あらかじめ人払いをしていた為、急な用事でもない限り誰かがこの部屋に近づく事はない。

不思議に思ったフェリックスが応じると、姿を現したのは年配の執事であった。

「どうしました？」

「お客様がお見えになられまして……」

「私に？　今日は特に誰かと合う予定は……」

「いえ、旦那様。どうもジェッタに会いに来たようで」

誰かがジェッタの見舞いにでもやってきたのだろうか。

そんな風に考えて、フェリックスが続きを促した。

「それで、どなたが会いたいと？」

「それが……ウィルベル・トルキス様とそのお付きの方が……」

「なんと……」

思ってもみなかった人物の名にさすがのフェリックスも驚きを隠せなかった。

「室内でお待ち頂いておりますが、いかが致しましょうか？」

判断を乞う執事にフェリックスは一度ジェッタを見てから執事に向き直った。

「こちらへお通しして下さい。話はあらかた終わりましたし、ジェッタも命の恩人の顔をよく見ておきたいでしょう」

「ありがとうございます」

フェリックスの判断にジェッタが頭を下げる。

負傷後、魔獣騒動が終わるまでずっと意識を失っていたジェッタはウィルの顔をまともに見ていなかった。

「畏まりました」

年配の執事は一礼をして退室するとウィル達の元へ戻っていった。

◆

「こちらでございます」

ウィル達は年配の執事に案内されて部屋の中へ足を踏み入れた。

ソファーの長椅子にそれぞれ二人ずつ腰掛け、やや離れてジェッタが座り、その傍に付き添うようにメアリーが立っていた。

「ようこそ、ウィル殿」

「こんにちはー！」

フェリックスがウィルを歓迎すると、ウィルは元気よく挨拶した。

笑みを浮かべて頷くフェリックスにウィルも笑顔を返す。

「ささ、ウィル様。こちらへ……」

立ち上がったリリィがウィルの手を取ってジェッタのもとへ導いた。

ウィルの視線とジェッタの視線が合う。

「ウィル様、この度は息子の命をお救い頂き、誠にありがとうございます」

ジェッタの父親も立ち上がり、ウィルに頭を下げる。

魔法を巧みに操るなど信じられないような幼さだが、それでも彼がウィルに対して礼を欠くことはない。

ウィルはジェッタとその父親の顔を交互に見ると笑顔を浮かべた。

「まだおててとあし、なおしてないけどー」

「十分でございます、ウィル様……」

深々と頭を下げ直すジェッタの父親にウィルが口を尖らせる。

「だめー。このままだとおにーさんもおねーさんもえがおにならないもん！」

「それは……しかし……」

はっきりしないジェッタの父親にウィルが眉根を寄せた。

治るなら、失った手足も元通りになった方がいいに決まっている、と。

だが、それは魔法の力をもってしても簡単な事ではない。

大人達はそれがよく分かっていた。

ウィルが言うほど簡単に実現しようがないのだ。

「ありがとう、ウィル様……」

気持ちだけでも十分だと、ジェッタが残った手でウィルの頭を優しく撫でた。

ウィルは気持ち良さそうに身を任せてからジェッタに向き直った。

「うぃる、おにーさんにぷれぜんともってきた」

「……………？　何かな？」

首を傾げてみせるジェッタの前にウィルが銀のネームタグを掲げてみせた。

「おねーさん、つけてあげてー」

「ふふっ、はいはい……」

ウィルからネームタグを受け取ったメアリーがジェッタの首にネームタグのチェーンをかける。

ジェッタは胸元に収まった少し豪華なネームタグを手に取ってしげしげと眺めた。

「これは……？」

子供からのプレゼントにしてはいささか豪華な贈り物にジェッタがウィル達を見回す。

「まどーぐだよ！」

「魔道具……？」

「そー！」

戸惑うジェッタにウィルは嬉しそうに頷いてみせた。

「つかってみて！」

「あ、うん……」

ウィルに促されたジェッタがネームタグを握って魔力を込める。

精霊石が光り輝き、魔法文字が効果を発揮し始めた。

「こ、これは……」

仮の手足が土属性の魔法で構築されていく光景にフェリックス達が言葉を失う。

そんな中、

（あっ……！）

何かに気がついたウィルが失敗したという表情を浮かべ、顔を両手で隠した。

程なくして効果を成し遂げた魔法が光を収めていく。

フェリックス達はまだ目の前の状況を上手く飲み込めず、ただ呆然とジェッタを眺めていた。

「ふむ……」

魔道具の発動を確認し終えたカルツがジェッタに歩み寄る。

「あのー、かるつさん」

「何をなさっているんです、ウィル君？」

顔を隠したままのウィルを見て、カルツが首を傾げる。

ウィルは顔を隠したまま答えた。

「おにーさんのあし、だいじょーぶ？　おててになってなーい？」

「………あー」

不思議そうな顔をしたカルツがウィルの言わんとしていることを察して笑みを浮かべた。

魔道具に用いられた魔法はもともとウィルの副腕を生成する魔法である。

ウィルはきっと脚から腕が生えると思ったのだ。

「ふふっ……大丈夫ですよ、ウィル君。このカルツに抜かりはありません」

「ぬかりなかったー？」

「ええ、もちろん」

カルツに頭を撫でられ、ウィルが指の間から恐る恐るジェッタの足を確認した。

魔法で構築されたものである以外は不自然な所はない。

「よかったー♪」

安堵のため息をつくウィル。

一方、事態を飲み込めていないフェリックス達は呆気にとられた様子でジェッタとウィル達を交互に見ていた。

「あ、あの……これはいったい……」

フェリックスの問い掛けにカルツが向き直る。

「失礼致しました。ウィル君の渡した魔道具は失ってしまった体の一部を補う力があるのです」

「そんな貴重な物を……？」

「いえいえ」

見上げてくるジェッタにカルツは肩を竦めた。

「ダンジョン産のアンティークみたいな物ではありませんよ。ハンドメイドです」

魔道具は人の手によって作られたハンドメイドと、何らかの影響で物自体が魔法効果を持つようになったアンティークとに分けられる。

ハンドメイドの方が一般的な為、見たこともない効果を発揮する魔道具を見ればアンティークと思うのが普通だ。

「ハンドメイド……!?　つ、作れるのですか!?」

驚きの声を上げるフェリックスにカルツが笑顔で頷く。

「ええ。実際、それはウィル君が創り出した新しい魔法を元に私が魔法文字として効果を調整し、そこにいるヤームが魔道具として仕立てた物です」

「な、なんですって……」

フェリックスが呆然と呟いて視線をウィルに向けるとウィルは「えへー」と照れ笑いを浮かべて身をくねらせた。

魔法を一つ新たに創造するだけでも大偉業だ。

それを短期間で魔法文字に変換し、魔道具として作り上げることも、また。

離れ業のオンパレードである。

「ジェッタさんでしたね？」

「あ、は、はい……」

カルツに声をかけられて呆然と魔法の義手を眺めていたジェッタが顔を上げた。

「どうぞ、立ってみてください」

「は、はい……」

促されてジェッタが恐る恐る体に力を込める。

魔法の義手と義足はジェッタの意思に反応して滑らかに動いて、怪我をする前と変わらず、ジェッタは自然な動作で椅子から立ち上がる事ができた。

「ジェッタが……ジェッタが……！」

「たったー！」

口に手を当てて声を震わせるメアリー。

その後に続くようにウィルが声を上げてパチパチと拍手した。

「ジェッタ……ッ！　う、くっ……！」

「……良かったな」

「ああ……ああ……！」

感極まったジェッタの父親の背中をメアリーの父親が優しく叩く。

息子が大怪我を負った。

死んでもおかしくないような大怪我だ。

だが、奇跡が起きて一命を取り留めた。

二度と自分の足で歩く事は叶わないかもしれないが、生きていた。

それだけでも十分だと思った。

死んでしまった者に比べれば。

十分だと思ったが、しかし。

父親として、もう一度立って歩けるようになって欲しいと願わなかった事は一度もない。

「ありがとうございます……ありがとうございます……」

顔をクシャクシャにしながらありがとうと繰り返すジェッタの父親に誰もが瞳を潤ませた。

メアリーもジェッタにすがりついて泣いている。

「よかったー♪」

ウィルは皆が喜んでいるのを感じて満面の笑みを浮かべた。

カルツとヤームに手伝ってもらったが、この間笑顔にできなかったメアリーにも笑顔が見られる。

その輪の中で一人、フェリックスだけが喜びつつも静かに思考を巡らせていた。

「【魔法図書】のカルツ殿……ですよね？」

「ええ、そうですよ」

フェリックスに呼びかけられたカルツがいつもの笑顔で向き直る。

まるで声をかけられるのを分かっていたかのような反応の良さだ。

「ふふっ……」

その反応にフェリックスが思わず笑ってしまった。

他意はない。

おそらくカルツには分かっていたのだ。

一国の宰相ならこの場で声をかけないのは有り得ないと。

それだけのものを目の前で見せたのだ。

それが証拠にカルツはフェリックスの言葉を待っている。

フェリックスも無用な駆け引きを挟まず率直に伝えた。

「その新たな魔道具の権利、我が国に売って頂きたい」

「そうですねぇ……」

勿体つける素振りを見せたカルツがヤームに視線を向ける。

その視線にヤームが肩を竦めた。

「俺はウィル坊のやりたい事を手伝っただけだぜ？」

「私もですよ」

ヤームの言葉にカルツが同意する。

ウィルはよく分かっていないのか首を傾げた。

「そういうわけです、フェリックス宰相。この魔道具の権利はウィル君にあります。ウィル君と交渉して下さい」

カルツがフェリックスに向き直って伝えるとフェリックスは苦笑いを浮かべた。

不思議そうに見上げてくるウィルの前に屈み込んだフェリックスが言葉を選びながら口を開く。

「えーっと、ウィル殿」

「なーにー？」

首を傾げるウィル。

フェリックスにとって今までの交渉相手の中では当然ながら最年少である。

「えーとですね、そのジェッタにプレゼントした魔道具を使用する権利をフィルファリア王国に売って欲しいのですが」

「いーよー」

はい、交渉終了。

条件の提示すらさせてもらえなかった。

「ウィル殿……待ってください。まだいくらで買い取るかもお話ししてません」

「おかねー？」

「そうです」

「うぃる、おかねわかんないからいーやー」

買わせてすらもらえない。

フェリックスが困っていると横からヤームが助け舟を出した。

「ウィル坊。ウィル坊は強くなったら世界樹の迷宮に挑むんだろ？」

「そーだよー？」

「難関なダンジョンに挑むには何かと金がかかるもんだ。タダでいいなんて言ってちゃダメだ」

「むぅ……」

眉根を寄せてシブい顔をするウィル。

その横でフェリックスがカルツに視線を向けた。

「ウィル殿は世界樹の迷宮に挑みたいと？」

「らしいですよ。世界樹にあるという再生魔法の秘技に興味津々なのだそうです」

苦笑を返すカルツにフェリックスがまた思考を巡らせる。

世界にいくつか存在する最難関のダンジョンは大抵国と冒険者ギルドの双方に管理されている。

ダンジョンは難易度が上がれば上がるほど準備に金がかかり、踏破した時の恩恵も増していく傾向にある。

国もダンジョンからもたらされる恩恵を欲しており、時にはそれが冒険者にとって不利益に働くこともあった。

そうした時に手っ取り早く解決するのはやはり金とコネなのだ。

国の財政を取り仕切るフェリックスはその事を熟知していた。

「まぁ、実現するかどうかは分かりませんが……」

ウィルはまだまだ子供だ。

目標の行き先などいくらでも変わる。

大人達からはただ暖かく見守るだけだ。

「うぃるはせかいじゅいくもん！」

「これは申し訳ありません、ウィル君」

カルツの言葉に反応したウィルが頬を膨らませる。

それを見てカルツが笑顔で謝罪した。

「分かりました」

そのやり取りを横で見ていたフェリックスがウィルに向き直る。

「悪いようには致しません。ウィル殿、ご許可を頂けますか？」

「いーよー」

「ありがとうございます」

フェリックスが頭を下げて、今度はカルツとヤームに向き直った。

「先ずは国王にご報告しなければなりませんが……これだけのものです。嫌とは言わないでしょう」

「わかった。図面は俺が用意しておくよ」

「お願いします、ヤーム。私は宰相と魔道具の運用について少し話をしておきましょう」

そのまま今後の打ち合わせを始める三人。

その三人を見上げていたウィルの背後からメアリーに付き添われたジェッタが歩み寄った。

「ウィル様、本当にありがとうございます」

まだおっかなびっくりといった様子でメアリーに支えられたジェッタがウィルに頭を下げる。

「よかったねー」

「はい。ウィル様のおかげで私もメアリーの心残りに付き合う事ができそうです」

「もう……ジェッタまで……」

顔を赤らめて抗議するリリィ。

そんなリリィをウィルが不思議そうに見上げる中、一際目を輝かせる者がいた。

「次はリリィ様の番ということでしょうか？」

含みのある笑みを浮かべながらマイナがリリィの顔を覗き込む。

「えっ、ええ⁉　あの……」

「大丈夫ですよ。トルキス家の者は皆、リリィ様の味方です」

レンが付け足した言葉でリリィは悟った。

トルキス家の人々には自分がガイオスに想いを寄せているという事がバレている、と。

シローも協力しているのだから当然といえば当然か。

「近い内にまた、お食事会をしようと計画していますので、その時はぜひ」

「は、はい……」

今度こそ想いを伝えようと勇んでいたリリィだったが、いざとなるとやはり不安なようで尻込みしてしまっていた。

「不安は分かります。ですが私の情報によるとガイオス様は奥手なだけでリリィ様のことを慕っています。仕事を盾に逃げているだけです」

マイナがいつになく真剣にリリィを諭す。

「ですが、普通に告白しても、おそらくガイオス様はまた逃げようとされるでしょう。私達の援護があり、リリィ様がしっかりと気持ちを伝えて、ようやく成就率は五分五分といったところです」

「マイナ。あまりはっきり言ってしまうとリリィ様の決心が揺らいでしまいますよ」

俯いてしまうリリィを見て、レンが待ったをかける。

しかし、マイナは真剣そのもの。

指を立ててチッチッと振ってみせた。

「ここからが大切な事です。いいですか、リリィ様？　もし、リリィ様が本気でガイオス様の心を射止めたいとお想いであれば、私はその勝算を五分五分から九割まで引き上げる事が可能です」

「えっ⁉」

リリィが弾かれたように顔を上げる。

目の前のマイナは自信に満ち溢れていた。

成就率九割――それはもう勝ったも同然と言える数字である。

「本当に大丈夫なんですか？」

「ふっ……当然！」

心配そうに呟くレンにマイナが不敵な笑みを浮かべる。

「どうしますか、リリィ様？」

「あ、あの……ぜひ！」

今までも色々とアプローチしたが躱《かわ》されてきたのだ。

リリィの中にも今度こそという想いがあった。

マイナは真っ向からリリィと向き合うと、胸を張って頷いた。

「よろしいでしょう！　このマイナ・ホークアイの名に賭けて、リリィ様の恋、絶対成就させてみせます！」

「おー」

自信満々に言い放つマイナに、よく分かってないウィルが感心したようにパチパチと拍手を贈った。

◆

子供達が寝静まった頃、トルキス家のリビングには女性達が集まっていた。

セシリアやターニャ、メイド達である。

セシリアが主従だけの関係を嫌う為、トルキス家では使用人達を含めた友好的なお茶会が時折開かれる。

要は女子会である。

シロー達男性陣が外に飲みに行ったので、こうして女性達だけで集まったのだ。

「リリィ様も大変ね」

今日の報告を思い返したセシリアが思わず笑みを零す。

それを横から見ていたターニャが問い掛けた。

「その……セシリアさんはリリィ様と面識がおありなんですか？」

まだ少しセシリアの名を呼びにくそうにしながら尋ねるターニャにセシリアが笑みを向ける。

「はい、子供の頃から何度か。リリィ様の兄、フェリックス様は現在の国王であるアルお義兄様とガイオス様の幼馴染でね……リリィ様はその後ろをちょこちょこ追いかけていました」

懐かしむように遠くを見ながらセシリアは続けた。

「フェリックス様は下級貴族のご出身。そのような身分の者が社交界に出る歳になれば少なからず家の期待を背負わされる。ガイオス様の紹介があったとはいえ、フェリックス様は幼少の頃から家とアルお義兄様の期待に応えようと必死だったのかもしれません。後を追いかけるリリィ様に気付いていないこともしばしば……そんなリリィ様が迷われないように、間に立って待っていたのがガイオス様だったんです」

「そんなことが……」

幼い頃のガイオスの気配りにターニャが感心したような声を上げる。

なかなかできることではない。

セシリアはその頃の微笑ましい光景を今でも鮮明に思い出せた。

ガイオスが時折振り返り、遅れて泣きそうなリリィに手を差し伸べて。

リリィはそんな待っていてくれるガイオスに安堵を覚え、懸命に差し出された手に向かって走っていた。

リリィはいつしか兄の背を追うのではなく、その友の手を目指して走っていたように思う。

「それがなんだってこんな状況になっているのか。自分の主張だけで相手を遠ざけて……これだから男ってやつは」

忌々しげに呟くマイナに横で聞いていたアイカが苦笑した。

「マイナ……自分とラッツさんの事、お二人に重ねて見てない？」

「ぬ……」

図星を指されたマイナがジト目でアイカを睨む。

思った通りだと言わんばかりにアイカが小さくため息をついた。

「あんまり無茶はしないでよ？　リリィ様はマイナと違って繊細なんだから……」

「私達の事はいいのよ」

アイカの物言いにマイナが口を尖らせる。

似たような境遇であるマイナがリリィの心配をするのも無理ないのかもしれない。

「まぁまぁ～」

ミーシャがいつものニコニコ顔でアイカとマイナの間に立つ。

この三人のいつもの立ち位置である。

それを微笑ましく見守っていたセシリアが視線をエリスに向けた。

「エリス、ローザと昼食会のセッティングをお願いね。ステラは私と献立を考えて」

「「はい」」

揃って返事をするメイド達。

その横でターニャが小さく手を挙げた。

「セシリアさん、私も何かお手伝いできることがあれば……」

「あら……ターニャさんはお客様なのですからくつろいで下されば……」

「どうもジッとしているのが苦手で……」

庶民的なターニャには世話になりっぱなしというのも居心地が悪いのかもしれない。

頭を掻いて苦笑いを浮かべるターニャにセシリアは笑みを零した。

「分かりました。その時になればお願いしますね」

「は、はい！」

ターニャが安堵したように息を吐き、力強く頷く。

それに頷き返したセシリアは視線をマイナの方へ向けた。

「マイナ、できますね？」

「お任せください、セシリア様！　このマイナ、必ずやガイオス様にイエスと言わせてみせます！」

元気よく応えるマイナにセシリアが笑みを深くする。

「あくまでリリィ様が望む形で、ですよ？」

「はい！」

念を押すセシリアにもマイナの自信は微塵も揺らがない。

それを見たセシリアも満足そうに一つ頷いた。

「いいでしょう。段取りは任せます。アイカ、ミーシャ、協力してあげて」

「「はい！」」

揃って返事をするアイカとミーシャ。

それにも頷きを返したセシリアは最後にレンの方へ視線を向けた。

「レンには申し訳ないんだけど、引き続き冒険者ギルドの方を当たってみてくれる？」

「いえ、セシリア様……色恋沙汰よりもそっちの方が慣れてて楽です」

レンは真顔でそう答えたが、セシリアは少し不満そうだった。

どうやら慣れない事に戸惑うレンを見てみたかったのかもしれない。

「セシリア様……そんなところ、シローに感化されなくていいんですよ？」

「ふふっ……はいはい」

肩を竦めてみせるセシリア。

周りの視線が自分に集まっているのに気付いたレンがわざとらしく咳払いをする。

「マイナ、リリィ様の前で見得を切ったのです。どうか抜かりなく」

「了解♪」

心配するレンであったが返事の軽さとは反対にマイナは燃えていた。

あらゆる手練手管をもってしてガイオスを追い詰めるのだと。

決して自分の上手くいかない恋路の腹いせではない。ない、筈だ。

「それでは皆、リリィ様がガイオス様を陥落させる為の作戦会議を始めましょうか？」

「「「はいっ！」」」

セシリアの鶴の一声で昼食会の作戦会議が始まる。

セシリアも結構ノリノリだ。

それだけガイオスの態度に不満を覚えているのだろう。

そんなどこか楽しげなセシリアの様子に、レンは小さくため息をついて微笑むと自らも作戦会議に加わった。

◆◆◆◆

昼食会に向けてトルキス家が騒がしくなったある日の事――

「ただいま……あれ？」

いつも通り学舎から帰宅して門の外から声をかけたセレナは首をひねった。

いつもならジョンかエジルが直ぐに出てくるのに、その日は守衛室から人が出てこなかったのだ。

迎えのミーシャと顔を見合わせたセレナがもう一度守衛室の窓に声をかける。

「あの……ジョンさーん」

セレナに気付いたジョンが慌てた様子で守衛室から飛び出してきた。が、その顔はどこか明るい。

「あ、姫！　申し訳ない！」

「おかえりなさい、セレナ姫」

「はぁ……」

不思議に思ったセレナが守衛室の中を覗き込むとエジルが難しい顔をしてテーブルの上を睨んでいた。


片やニコニコ顔のジョン。

エジルが睨んでいる物を見てセレナが胸中で納得した。

（ははぁ……）

エジルが向かい合っている物は対局型のゲームである。

元は軍議に用いられた駒をモチーフにしたもので交互に指し合い、相手の王を取れば勝ちというものだ。

昔は貴族の嗜みだったが、今は大衆の娯楽としても普及している。

「七番勝負、四勝三敗で俺の勝ち♪」

「七番……随分と長丁場な戦いにしたんですね～」

鼻高々に言ってのけるジョンに、ミーシャが感心とも呆れともつかぬ感想を漏らす。

（面白い形ね……）

エジルと一緒に盤面をのぞき込んだセレナがそんな感想を抱いてジョンに視線を向けた。

「それで？　一体何を賭けたんです？」

五番勝負や七番勝負はだいたい真剣勝負の時に用いられる対局数だ。

単純にゲームとしての勝ち負けを競うなら何度も打ち合う必要はない。

セレナの質問にジョンが照れたように頭を掻いた。

「いや～、門番の仕事、二人じゃキツくて……負けた方が人を増やして欲しいとお願いしにいくってな内容で……」

ジョンの説明にエジルの表情が曇る。

このままだとエジルがシローかセシリアに人員補充のお願いをしなければならないのだ。

雇われる身としては言い出し辛い事だろう。

「今はローザさんに手伝ってもらってるが、申し訳なくてなぁ……」

「なるほど～」

納得したようにミーシャが相槌を打つ。

「私がお父様かお母様に相談してみましょうか？」

盤面から顔を上げて提案するセレナにジョンが首を横に振った。

「いえいえ、セレナ姫。ご心配には及びませんよ」

余裕の笑みを浮かべて応えるジョン。

それはそうだ。

大変なのはエジルである。

そのエジルは盤面に頭突きを食らわさんばかりにのめり込んだままだ。

「どんだけ見たって詰んでるよ」

「うぅ……いや、まだどこかに活路が……」

「とっとと投了しなさいっての！」

足掻くエジルを余裕の笑みで見下ろすジョン。

どこか大人気ない絵面にセレナとミーシャは苦笑いを浮かべた。

「ほどほどにして〜門番の仕事に戻って貰わないと〜」

「すぐだよ、すぐ！　俺はもう戻るし」

やんわり苦言を呈するミーシャにもジョンは終始笑顔だ。

とはいえ、このままだとエジルは長考しそうだし、増員の願いもいつになるか分からない。

二人で大変なのが確かであればすぐにでも報告した方がいい。

「やっぱり私がお母様にお願いしてみます。ジョンさんもエジルさんも言い辛いと思うし……」

セレナが結論づけてそう言うと、エジルが盤面から顔を上げた。

「本当ですか？　セレナ様……」

「はい♪」

どこか救われたような表情を浮かべるエジルにセレナがクスリと笑う。

その様子にジョンが少し不満げな表情を浮かべた。

「エジル～、姫の手を煩わせるなよ……」

「も～、ジョンさん大人気ないですよ～？」

ミーシャに苦言を呈され、ジョンがポリポリと頭を掻く。

「ジョンさんも、いいですか？」

笑顔で確認してくるセレナにジョンは首を縦に振った。

重荷が降りたことでエジルはそのまま投了し、この一局はジョンの勝ちとなった。

トータル四勝三敗だ。

「会心の一局だったし、まぁ良しとするかぁ……」

「お仕事中はほどほどにして下さいね」

「はい……」

無理やり納得するジョンにセレナが笑顔で注意するとジョンは苦笑いを浮かべて頭を下げた。

そんなジョンを尻目にセレナがもう一度盤面に向き直る。

伸ばした手でひょいっとエジルの手駒を掴んで黙考して、

「二人とも、まだまだですね」

そんな風に呟いたセレナがぴしりと一手、盤面に駒を指した。

「それじゃあ行きましょうか、ミーシャさん」

「はい～」

指すだけ指したセレナは顔を上げると連れ立って屋敷の中へと入っていった。

その後ろ姿を見送って、ジョンがポリポリと頭を掻く。

「ちょっと夢中になり過ぎちまったな……」

反省しつつ、盤を片付けようと守衛室の中へ入るとエジルはまだ盤面に釘付けになっていた。

「ほれ、片付けるぞ」

「ジョンさん、待って。これ……」

「あん？」

セレナの一手を指し示すエジルに眉根を寄せたジョンが視線を盤面へと向ける。

二人の気付かなかった箇所に指されたセレナの一手は見事に二人の優劣を入れ替えていた。

「えっ？　あれ……？」

ジョンとエジルは顔を見合わせると信じられないものを見るような顔で再び盤面に視線を落とした。

第三章

ボーイミーツリトルボーイ

episode.3

will sama ha
kyou mo mahou de
asondeimasu.

ここ数日、トルキス邸の中は少し慌ただしくなっている。

次の休みには昼食会が行われる事になっていて、その準備が本格化し始めた為だ。

「お帰りなさい、セレナ様、ミーシャ」

「あら～、マイナ……お出かけですか～？」

入れ違うマイナにミーシャが尋ねるとセレナに頭を下げたマイナが小さくポーズを決めた。

「ええ。ちょっと段取りに」

「ごきげんですね～」

弾むような歩調で出かけるマイナを二人で見送る。

セレナはミーシャと顔を見合わせるとクスリと笑った。

「何かいい事、あったのかな？」

「マイナはいつもあんな感じですよ～」

「うふふ。そうですね」

そんな風に話しながら、二人がリビングに入る。

リビングにはセシリアとターニャ、それから子供達と付き従うトマソンとレンの姿があった。

「ただいま帰りました」

「お帰りなさい、セレナ」

セレナに気付いたセシリアが笑顔を向ける。

「せれねーさま、おかえりなさい！」

子供達の輪から立ち上がったウィルが駆け寄ってセレナに飛びついた。

「ただいま、ウィル」

セレナが屈んでウィルを抱き留める。

ウィルは飽きもせず、セレナが学舎から帰る度にこうして抱きついてくる。

ウィルなりの愛情表現なのだ。

最近はそんなウィルに倣ってか幻獣のレヴィもウィルの背中にへばりついてくる。

おかしな光景に見る者が思わず笑みを浮かべた。

「魔法の特訓？」

いつもなら、セレナが帰ると直ぐにウィルが魔法の修練を願い出る。

先んじてそれを尋ねたセレナにウィルはふるふると首を横に振った。

「きょーはないってー」

「ない？」

ウィルの言い回しに首を傾げたセレナだったが直ぐにウィルの言わんとしてる事を理解した。

昼食会で人手を取られて子供達の魔法の修練を見守る者がいないのだ。

「それは残念ね」

「ざんねんー」

魔法を使う事に無上の喜びを感じているウィルにとっては物足りないかもしれない。

それはセレナも似たようなもので、魔法の上達に費やす時間はセレナにとっても楽しい時間であった。

とはいえ、セレナにはウィルよりもやらなければならない事が多くある。

「お母様……」

「なぁに、セレナ？」

向き直るセレナにセシリアが小首を傾げる。

「何かお手伝いできる事はありますか？」

セレナは少し子供らしくない所がある。

誰にとっても優秀なのだ。

今もウィルの「魔法の修練がない」という意図の発言を聞き、使用人達の手が空いてない事を理解し、自分にも手伝える事があるかも、と頭を働かせている。

修練がなくなり、空いた時間で「じゃあ、何して遊ぼう」とはならないのである。

そんな娘の気が利き過ぎる部分にセシリアは思わず笑みを零した。

「大丈夫よ、セレナ。当日に少しお手伝いしてね」

「はい」

頭を下げるセレナ。

ならば今の内に引き受けた事を伝えようと、彼女はセシリアに向き直った。

「お母様、門番を増やす予定はございませんか？」

「……どうしたの？　急に」

唐突に切り出したセレナにセシリアが目を瞬かせる。

「いえ、ジョンさんとエジルさんが大変そうだな、って思って……」

門番という仕事は体力がいる。

昼夜問わず、何がなくとも警護し続けなければならない。

如何に実力者だからといっても休まず働き続けるのは無理だ。

二人、手伝いが入っても三人では警護し続けるのは大変なはずだ。

家の警備体制の心配まで始めた我が子にセシリアとレンが顔を見合わせる。

「人を増やしてあげる事はできませんか？」

「えっと……」

きょとんとしてしまう大人達を真っ直ぐ見返すセレナ。

ウィルの魔法能力に注目が集まりがちだが、セレナの思考能力や物腰も特筆に値するのではないだろうか。

落ち着いた様子で願い出るセレナの成長ぶりにトマソンなどは感激して目を潤ませている。

「あのね、セレナ」

持ち直したセシリアが我が子の成長に目を細めながら応える。

「新しい人を雇う打診はもう何度かしてあるの」

「えっ……？」

「セレナの言うとおり、今の人数では大変ですから……」

今度はセレナの方がぽかんとしてしまった。

ジョンとエジルが増員して欲しいという願いは伝わっていたのか、と。

しかし、二人の様子から、そう伝えた訳ではなさそうだ。

（ジョンさん達は大変だと思っていても言わず、お母様達も大変だろうと行動に移していたけど言わず……って、ことかしら？）

セレナがそんな風に考えていると横からトマソンが付け足した。

「問題は最適な人材が見つからない、という事ですな」

「誰でもよい、という訳ではありませんので……」

レンもトマソンに同意する。

話を聞くと、どうやら退役騎士や冒険者の中から候補を洗い出しているようだが、厳選に厳選を重ねた結果、まだ候補すら見つかっていないようだ。

「早く見つけてジョンさんやエジルさんに喜んでもらいたいのだけど、ね……」

「はぁ……」

困り顔でため息をつくセシリアにセレナは内心で苦笑いを浮かべた。

結局はお互い思っている事は同じだったという事だ。

（言葉にしないと伝わらないってことよね……）

セレナはそんな風に締めくくると、この話は自分の中に仕舞っておく事に決めた。

ジョン達が知らないという事は、母達は秘密にして驚かせたいのだ。

ジョン達にはもう少し待っていてもらうとしよう。

「はー……」

セシリアとセレナのやり取りを黙って見上げていたウィルが目をぱちぱちと瞬かせる。

「ウィル、どうしたの？」

ニーナがウィルに尋ねるとウィルは小首を傾げた。

「なにー？」

どうやら会話の内容が理解できなかったらしい。

疑問符を浮かべるウィルの頭をニーナが撫でた。

「新しい人が増えるかもしれないんですって」

「あたらしーひと、だれー？」

「まだ決まってないのよ。これから探すの！」

「へー……」

曖昧に頷いてウィルがそのまま固まる。

全員がその成り行きを見守っているとウィルはハッ、と何かを思いついたように自分の読んでいた絵本を片付け始めた。

鼻歌付きである。上機嫌だ。

セシリアはウィルから返ってくるであろう答えを予想しつつ尋ねた。

「ウィル、急に片付けなんかしてどこ行くの？」

「うぃるがあたらしーひと、みつけてきてあげるね」

予想通りの答えだった。

困ったような笑みを浮かべて頬に手を当てるセシリア。

「お散歩がてらにいいのかしらね……」

「そうですな……」

誰もウィルに人選ができるとは思っていないが、ウィルにしか見れないものもある。

トマソンも顎に手を当てて乗り気なウィルを見下ろした。

「ウィル様は他人の魔力を見ることができます。意外と我々にはない視点を持ってるかもしれませんな」

なんにせよ、ウィルが外の世界に興味を持つ事はいい事だ。

進んで人と関わりたいというのなら拒む手はない。

何より、子供達に受け入れられなければトルキス家で働くのは難しい。

「レン、手間をかけるけどウィルを連れて行ってあげてくれないかしら」

微妙な表情を浮かべるセシリアにレンが笑みを返す。

「かしこまりました、セシリア様」

レンが頭を下げてウィルを連れてリビングを後にした。

それを見送って、セレナがニーナに向き直る。

「ニーナはよかったの？」

いつもなら好奇心に駆られてウィルの後を追いそうな妹はフルフル首を横に振った。

「ラティとバークさんと一緒にボルグとジーンを庭で走らせようと思ってたから」

ボルグとジーンとはニーナの幻獣のゲイボルグとクルージーンの事である。

名前が長いので愛称で呼んでいるのだ。

ひょっとしたらウィルもレヴィと庭で遊ぼうとしてたのかもしれない。

「私はどうしようかしら……」

正直、学舎の勉強の復習もしたいところだが。

と、セレナが考えた所で全員の視線が自分に集まっていることに気付いた。

「セレナも一緒に遊んであげたら？」

可笑しそうにセシリアが笑みを浮かべてくる。

勉強は大事だが、客がいる時に優先する事ではない。

皆と庭で遊ぶのは明るい内しかできず、勉強は日が落ちてからでも時間は取れる。

「そうですね」

セレナは笑顔で了承すると自らもフロウを呼び出してニーナ達と庭に出て行った。

❖

「ここまで来ればもう少しだぞ、ルーシェ！」

お世話になっている隊商の親方の声に僕は顔を上げた。

故郷の村を出てから長く続いていた森と草原の景色から森が消え、隊商の前にはふた手に分かれた道がある。

「順調だな。この分だと昼過ぎにはレティスにつくだろう」

御者台に顔を出した僕に向き直った獣人の親方が白い歯を見せてニカッ、と笑う。

「ルーシェとはそこでお別れだな」

「……ホントに何から何までありがとうございます」

馴染みとなった親方の笑顔に思わずしんみりとして頭を下げる僕に親方はカッカと声を出して笑った。

「よせやい。儂ぁ、ルーシェの親父さんには世話になったんだ。こんなこたぁ朝飯前だ」

僕の家は村の農家だ。

それほど大きくない村のそれほど大きくない農家。

普通なら食べるにも困るほどではなかったが、僕には弟や妹が沢山いた。

だから僕の家は貧しかった。

学舎も村にある初等部までで同い年の子が学園都市にある中等部に編入しても、僕は実家を手伝う為に編入しなかった。

父や母の手伝いをしながら弟妹の面倒を見、時には森に入って薬草や弱い魔獣を罠にかけて家計の足しにした。

親方と知り合ったのは数年前。

村の近くで魔獣の襲撃にあった親方は辛くも逃げおおせたが、商売のために持っていた荷をすべて失った。

途方に暮れる親方に手を差し伸べたのが僕の父だったのだ。

貧しかったが村人の覚えの良かった父は村中を回り、頭を下げ、親方の旅に必要な金や物資などを工面した。

村で僅かばかりの荷を得た親方はそれを元手に根気よく商いを続け、今や都市や村々を回る行商人として成功を収めている。

「最初、ルーシェが冒険者になる為に村を出るって言ったときゃぁ、耳を疑ったがなぁ……」

「ははっ……」

頭を掻きながら苦笑いを浮かべる僕に親方は頬を緩めた。

弟妹の世話に手が掛からなくなって、親の手伝いができる年になったら食い扶持を減らすためにも自立しようと考えていたのはもう大分前の頃からだ。

冒険者として登録できる十五歳になると同時に僕は村から出る選択をした。

「まぁ、外に出るのも悪くはねぇな」

親方が「俺みたいにな」と胸を張る姿は失敗も見ている僕には笑いを誘って緊張をほぐしてくれているように見える。

実際、そうなのだろう。

「村で冒険者になろうとは、どうしても思えなくて……」

自然と視線が故郷の村の方角へ向く。

親方には理由を話してあったから少し寂しそうな表情を浮かべていた。

最初は僕も故郷で冒険者としてデビューしようと思っていた。

だが、そんな折、学園都市に編入していた同い年の子供達が戻ってきたのだ。

大抵はそのまま学園都市で冒険者デビューするものだから皆驚いていた。

彼らの話によると生まれ故郷からスタートして村出身の冒険者として名を上げていきたいとの事だった。

当然、そこに僕は含まれていなかった。

学園都市で苦楽を共にした同じ故郷の仲間達によるパーティだ。

無理に入っても温度差があるだろうし、入ろうとも思わなかったが。

そのままソロで活動しても良かったが、関係がギクシャクするのは目に見えていた。

そんなわけで、あまり居心地の良くなった故郷での冒険者デビューは早々に諦め、親方に頼み込んで王都レティスまで運んでもらっている最中なのだ。

「まぁ、無理だけはせんようにな。何かあれば商工会ギルドを訪ねてこい。儂と連絡がつく筈だ」

「流石にそこまでお世話になれませんよ」

おんぶに抱っこじゃ冒険者になった意味がない。

それが分かっているからか、親方もあまり強くは言ってこなかった。

「王都が見えるぞぉ！」

しんみりとしてしまった僕達に前列の隊商が発した声が届く。

それを聞いて僕は顔を上げた。

山陰から徐々に姿を見せ始める王都レティス。

その後ろにあるフィルファリア城。

「で、でかい……」

生まれてから大きな街に行ったことのなかった僕はその景色に目を輝かせ、同時にポカンと口を開けてしまった。

横で様子を窺っていた親方が小さく鼻で笑って口元を釣り上げる。

「よーく拝んどけよ、ルーシェ。あれが今日からお前の住む街だ！」

親方の弾む声を遠くに聞きながら、僕はただ目の前の大きな街の光景に目を奪われていた。

◆

キョウ国風の茶店にやってきたマイナは店の中には入らず、縁側にある広い数人掛けの相席に腰掛けた。

「おねえさん、三色ダンゴ二本と冷たいリョクチャお願いしまーす♪」

「はいよー」

マイナの注文を聞いた売り子の女性が笑顔で応対し、店の奥へ引っ込む。

そのまま、道行く人を眺めていたマイナの隣にフードを目深に被った大柄な男が腰掛けた。

「ダイフクと温かいリョクチャを」

注文を取りに来た売り子へ男が手短に伝える。

元気よく返事をして下がる売り子を男の影から見ていたマイナはまた道行く人に視線を戻した。

「意外……カークスさんって甘いモノ、好きなんですね」

「ははっ」

マイナの言葉に男が快活に笑ってみせる。

「何でも食べるがな……甘いモノには目がない」

「へー……」

感心したような声を上げるマイナ。

「でも、フードいります？」

正体隠してまで食べたいのか、と首をひねったがどうやら違うらしい。

男――カークスはまた快活に笑った。

「素性を知ってる者も多いのでな……余計な勘ぐりを避ける為だ」

もっとも、その勘ぐりは大抵当たってはいるのだが。

カークスは振り向かず、マイナと同じように道行く人を眺めて続けた。

「それともスケロックの方がよかったか？」

「まさか……」

憮然と否定するマイナにカークスがフードの奥で笑みを浮かべる。

彼の相方であるスケロックは女性にだらしない所がある。

マイナがスケロックのそういう所をあまり良く思っていない事をカークスは知っていた。

「……で、話っていうのは？」

「実は……」

マイナはトルキス家で行われる昼食会の話をした。

その昼食会でリリィとガイオスの仲を取り持とうとしている事も含めてだ。

カークスは黙って聞いていたが、マイナが話し終わるとあからさまにため息をついた。

「ガイオス殿らしいと言えばらしいが……」

「女の身としてはとても許せませんよ」

「だろうな……」

カークスも身持ちの固い男であるがガイオス程ではない。

マイナが不満に思うのも頷けた。

「なんだな……むしろ、スケロックの方が得意分野だったな」

「いいですよ、カークスさんで。お願いする事は同じですし」

「分かった。私からもお願いしてみよう。こちらとしても都合のいい話だしな」

「………？」

カークスの物言いにマイナが首をひねる。

その様子にカークスがまたフードの奥で笑みを浮かべた。

「ウィルベル様が魔法の義手を作られたのだろう？　今、城内はその話で持ち切りだぞ？」

「あー……」

どうもフェリックス宰相が王に上申し、その出来の素晴らしさに重臣からも賛辞の嵐なのだそうだ。

もっとも、それはウィルだけの手柄ではないのだが、ウィルが類似の魔法を作らなければ実現しなかった事だ。

「ま、渡りに船と言うやつだ」

「あまり無茶を言わないでくださいよ？　セシリア様はそういうの、好きじゃないんですから……」

「心得ているさ。が、今回は大目に見てくれ。ウィル様の功績で打診しないのはあまりに不自然だ。

もちろん無理強いするつもりもない」

「はいはい……」

素っ気ない素振りを見せるマイナにカークスが苦笑する。

「ともかく、ガイオス殿の件は承知した」

約束を取り付けたところで売り子が二人の注文したキョウ菓子とお茶を持ってきた。

それぞれ受け取って、二人が売り子に視線を向ける。

「追加でミタラシを……」

同時に同じ注文をした二人に売り子は一瞬きょとんとしたが、すぐに笑顔で応じて店内に戻っていった。

◆◆◆◆◆

「おーでかけ、おーでかけ♪」

玄関でぴょんぴょん飛び跳ねるウィル。

それを真似てぴょんぴょん飛び跳ねるレヴィ。

「お、ウィル王子。出かけるのかい？」

レンを伴って門番の詰め所までやってくるとウィル達に気付いたジョンが笑みを浮かべた。

「はい、お使いに」

ウィルが何かを言う前にレンが答え、さっさと門を抜ける。

「お早く、ウィル様」

「はーい。いってきまーす」

挨拶もそこそこにウィルがレンのもとへと駆け出した。

その様子にジョンと詰め所にいたエジルが手を振る。

「いってらっしゃい」

「いってらっしゃい、ウィル様」

向き直って手を振り返したウィルが先に待つレンに追いついた。

「れんー、どこいくー？」

「冒険者のギルドです」

「ぎるどー？」

首を傾げるウィルの手を取ってレンが歩き始める。

ウィルにとっては懇意にしてもらっているマエル医師の治療院へ赴く道だ。

最近は特にウィルを見知る者が増え、時には声をかけてくる場面もある。

ウィルはそんな者達に手を振り返しながらレンと共に歩いた。

「みんな、うれしーね♪」

「そうですね」

ウィルが手を振り返すと、手を振った者は笑顔になる。

それを見る度に嬉しそうな顔をするウィルにレンの表情も自然と和らいだ。

まだところどころ魔獣騒ぎの傷跡を残す外周区を抜け、市街区へ出る。

人通りの多い道を避けて進むこの道はウィルも馴染みの道だ。

「こっちはまえるせんせーんとこー」

十字路に差し掛かったウィルがいつも進む方向を指差した。

その手を引いて、レンがウィルを違う道に誘導する。

「こちらですよ、ウィル様」

「こっちはぁ……」

キョトンとしていたウィルが何かに気付いたようにハッと顔を上げた。

「おじさんにかんちょーしてれんにおこられたみちだー！」

言い当てた事を嬉しそうに誇るウィルにレンが困ったような笑みを浮かべる。

その覚え方もどうかと思う、と。

「反省してますか、ウィル様？」

レンが尋ねるとウィルはうーん、と唸ってから答えた。

「はんせーはしていますー」

「は？」

「は！」

言い回しに引っかかりを覚えて聞き返すレンに、ウィルは自信有りげに答えるとレンの前をギルドに向かって歩き始めた。

◆◆◆◆

輝かしい一歩目を何故踏み外したのか。

ルーシェは分からずに内心冷や汗を掻いていた。

今、彼の前には厳つい大男が席についており、ルーシェ自身はその対面に座らされていた。

（えー、っと……）

ルーシェは冷静になるべく、自分の身に起きた事を振り返った。

隊商の親方と別れたルーシェは早速冒険者ギルドの受付へ赴き、冒険者登録を行った。

利用方法の簡単な説明と講習を受けても時間には余裕があり、ルーシェは簡単な依頼を受ける事にしてまずはギルドの隣に併設された食堂へと移動した。

そこで目の前の大男に声をかけられたのである。

「なんだ、にーちゃん。冒険者デビューか？　よしよし、祝いに昼飯奢ってやるよ」

こんな具合である。

相手の厳つさに断る機会を失ったルーシェはそのまま席に着いてしまった。

新人冒険者に対して親切を装い近付いて無心を働く輩もいる。

もし、この後不当な要求をされたらどうすればいいのか。

我が身の不幸を呪っていると給仕係の女性が注文を取りに来た。

大男に促されて、つい注文をしてしまう。

（ああ……断る最後の機会が……）

給仕係の女性に視線で助けを求めるも、彼女はどこか素っ気ない態度で厨房の方へと下がってしまった。

周りを見渡しても皆遠巻きにこちらを窺っていて助けてくれそうな気配はない。

（どうやって逃げよう……）

混乱する頭で算段をつけていると、大男がゆっくり話し始めた。

「ここでの先輩として、新人に大事な事を教えといてやる」

「は、はぁ……」

ルーシェが曖昧に頷いて返す。

情報料とか取られるのかなと頭の中はネガティブな思考でいっぱいだった。

「なに、そんな難しい事じゃない。王都で生活するにあたって特に怒らせてはいけない人物を三人程、教えてやるだけだ」

「怒らせてはいけない人物……？」

当たり障りのないところでオウム返しすると大男は神妙に頷いた。

「そうだ」

「…………」

誰だって怒らせないに越したことはないが、要注意人物がいるということだろうか。

話の流れを見極める為にルーシェはそのまま黙って男の言葉を待った。

（これで最後が俺様だー、ってオチなら全力で逃げよう）

そう心に決めるルーシェに大男が指を一本立てる。

「まず、一人目がフィルファリア国王だ」

当然だ。

誰が自国の王を好き好んで怒らせたいものか。

ルーシェとしては雲の上過ぎて、犯罪を犯さないように清く生きるくらいにしか対策がない。

まぁ、犯罪者になる気は毛頭ないが。

そんなルーシェの様子は意に介さず、大男が二本目の指を立てた。

「二人目は元テンランカー【暁の舞姫】こと、レン・グレイシア……」

納得がいってルーシェは小さく頷いた。

王都に住まう実力者の話としては有名だ。

【飛竜墜とし】葉山司狼が公爵家令嬢のセシリア様と結婚した話は民衆からも好意的に受け止められていて、今尚根強い人気を誇る。

多くの者が憧れるだろうサクセスストーリーであるからだ。

語り手が後を絶たない。

それと同時に不思議な話として語られるのが、【暁の舞姫】レン・グレイシアがそのままトルキス家のメイドとして働き始めた事だ。

これには色んな説があるがセシリア様のご友人であった為、とギルドが公式に発表して一旦の決着を見ている。

問題はこの【暁の舞姫】と呼ばれる女性はもう一つ、【血塗れの悪夢】という悪人に恐れられる二つ名を持っているという事だ。

なるほど、目の前の悪人そうな大男にとっては恐怖の対象だろう。

だが、その大男は三本目の指を立てて、顔を青ざめさせた。

「そして、三人目が……ウィルベル・トルキス様だ」

……………………だれ？

ルーシェはたっぷり間を開けて首を傾げた。

トルキス姓という事は公爵家に連なる者なのだろうか。

不思議そうなルーシェを見て、大男がズイッと顔を寄せた。

思わず顔を引きそうになったルーシェがなんとか思い留まる。

「ウィルベル様はまだ小さな子供だが、その類稀なる魔法の才能で数々の高度な魔法を習得されている天才児だ」

「へぇー……」

そんな凄い子供がいるのか、とルーシェは素直に感心した。

ルーシェ自身はまだ自分に合う魔法がよく分かっておらず、属性魔法の習得には至っていない。

その辺りは冒険者になってからでも遅くはないと判断し、基礎的な魔法の修練に費やしていた。

子供なのに高度な魔法を使いこなせるなんて正直羨ましい。

しかし、そんなルーシェとは裏腹に大男は声を震わせた。

「問題は、だ……幼く無邪気なウィルベル様は普段は優しいお子様なのだが、悪人を見つけると問答無用で強力な魔法をぶっ放してくるんだ」

「……は？」

突拍子のない話にルーシェが間の抜けた表情を浮かべる。

本当なら大変危険なのではなかろうか。

大男はルーシェにも事の重大さが伝わったと思ったのか、少し身を引いて満足したように続けた。

「ウィルベル様は、見た目の愛らしさから善人には天使に、悪人には悪魔に見える。その事から巷ではすでにこう呼ばれているんだ……【天使にして悪魔】と……」

ドンッ、と。

先程注文を取っていった給仕係の女性が勢い良く大男の前に麦酒のジョッキを叩きつけた。

「ウィル様の悪口、言わないで下さいますか？」

ビクリと震えた大男が困ったような苦笑いで頭を掻く。

と、同時に周りで見守っていたギャラリーから爆笑が巻き起こった。

あまりの変化にルーシェが目をぱちくりさせる。

「いやいや、ここはウィルベル様の怖さをルーキーにしっかり伝えないと……」

「ウィル様は傷付いた人には手を差し伸べずにいられない、優しい子なんです！」

腰に手を当てた給仕係の女性に睨みつけられ、大男はタジタジだ。

給仕係の女性はそのままルーシェの手を取って引っ張った。

「このままじゃ、ある事ない事吹き込まれちゃうわ！　こっちに来て。もちろん奢りでいいから」

「は、はぁ……」

気圧されるまま、ルーシェが他のテーブルに移動すると今まで見守っていた冒険者達が笑顔で迎え入れてくれた。

あとで教えられた話だが、大男が新人冒険者を食事に誘い、給仕係が怒るまでがワンセットらしい。

話せば、実はみんないい人達だった。

大男も一時は迷惑を顧みないパーティのリーダーだったが、ウィルにこっぴどくやられた後は心を入れ替えて仕事に励んでいるらしい。

(よかったぁ……)

恐ろしい目に遭うこともなく、安堵したルーシェは奢ってもらった昼食を平らげた。

これは本当に大男の奢りらしい。

ルーシェは礼を言うと、とりあえず人心地ついた。

王都だけあってギルドも食堂も大きく冒険者達の質もいいように見える。

故郷の村の閉塞的な感じがまるでない。

正直なところ、ルーシェは冒険者同士というのはもっとギスギスしているものだと思っていた。

その事を給仕係の女性に質問すると彼女は「それもウィル様のお陰よ」と教えてくれた。

(どんだけ凄い子なんだろう……ウィルベル様って)

冒険者達から聞いた話だと、回復魔法を使いこなす優しい子供の姿からついた「レティスの天使」というものと、悪人を見かけたら問答無用で攻撃魔法を繰り出す容姿に似つかわしくない姿からついた「レティスの悪魔」というものがくっついて【天使にして悪魔】となったのだという。

正式に命名されたわけではないにしろ、みんなに二つ名で噂される子供なんて聞いたこともない。

ルーシェがそんな風に興味を抱いていると、誰かが慌てて食堂に飛び込んできた。

「た、大変だ、リーダー！」

「どうした、いったい……」

慌てた様子の男に先程の大男が落ち着いて応える。

男は息を荒げ、顔を青ざめさせて大男を見上げた。

「ウィルベル様がこっちへ向かってくる……！」

「な、なにぃ……！」

大男の狼狽ぶりは先程の比ではない。

何故かお尻を押さえて姿勢を正していた。

（え？　ホントに来るの？）

ルーシェも気になって大男とギルドの入り口を交互に見る。

待つことしばし、ギルドの押し戸が開き、姿を現したのはメイドのレンと年端も行かぬ小さな男の子——ウィルであった。

◆

ウィル達が冒険者ギルドに足を踏み入れると周囲がにわかに騒がしくなった。

ところどころでウィルの名が上がっている。

小さな子供がギルドに来たという驚きよりは、ウィルを見知った者達が歓迎の声の方が強い。

「冒険者ギルドへようこそ」

歩み寄ってきた女性職員に迎えられてレンが小さく頭を下げる。

（おー？）

そのまま立ち話を始めたレンと女性職員を見上げたウィルは周りをキョロキョロ見回し始めた。

一度来たことがある場所だが、前よりは人が多いように思う。

中には見知った冒険者もおり、ウィルに手を振ってくれる者もいた。

「あ、おじさんだー」

その中から大男を見つけたウィルがレンのスカートを引く。

レンが大男を一瞥すると大男は直立不動の姿勢で固まっていた。

その様子に女性職員が思わず笑みを零す。

「例の一件以来、とても真面目に働いてくれていますよ」

「はぁ……」

思わず曖昧に返事してしまうレン。

ウィルに悲惨な目に遭わされてひねくれなかった事を良しとするべきなのか。

レンがウィルに視線を向けるとウィルはキラキラした視線でレンを見上げていた。

「ちょっとだけですよ？」

視線の意図を感じ取ったレンがそう応えると、ウィルは笑顔を弾けさせ、大男に駆け寄った。

ウィルは心配になるぐらい物怖じしないお子様だ。

「おじさーん」

「おお、ウィルベル様。ご機嫌麗しゅう」

ウィルが食堂の入り口付近で立っていた大男に声をかけると大男はひきつった笑みを浮かべて尻を隠し、ウィルを見下ろしてきた。

「おじさん、もーわるいことしてないー？」

「え、ええ、勿論ですよ！　心を入れ替えて仕事させてもらっています」

「よかったー」

大男の答えに満足したのかウィルは笑顔でうんうん頷いた。

悪い事は良くない。

「おじさんがわるいことしたら、うぃるがまたやっつけてあげるねー？」

「いえ、それは御免こうむりたい」

嬉々として語るウィルに大男が冷や汗をかく。

そのやり取りを見守っていた他の冒険者や食堂の給仕係からも笑みが零れた。

「あや……？」

食堂の方に視線を向けたウィルがふと視線を止めた。

近くにいて静観している少年と目があったのだ。

ルーシェである。

大男にウィルの話を聞いていたルーシェは本当に幼いウィルに驚くと共に大男の評価が正しいのか、観察しようとしていた。

そんな周りと異なる反応を見せるルーシェにウィルの興味が惹かれたのだ。

（やば……）

ウィルに目をつけられたルーシェは焦ってしまった。

近付いて来るでもなくジーッと視線を送ってくるウィル。

その微妙な間にルーシェが考えを巡らせる。

（今ならごまかせるかな……？）

見た目は本当にかわいい子供だ。

大男の話を聞いていてもそれ以上の感想を抱くことができない。

だからルーシェが次に取った行動は誰からも責められるモノではなかった。

ルーシェは息を吐くと同時に魔力を薄く込めた。

彼が他の者と比べて唯一自信を持っている初級魔法――俗にハイディングと呼ばれる魔法を発動する為に。

この魔法は自身の気配を殺し、標的に気付かれにくくする隠密魔法だ。

初級では完全に身を隠す事はできないが、存在感を消すこの魔法は森では木々に紛れることができ、人混みでは人に紛れることができる。

幼い頃から森の浅い場所で狩りの真似事をしていた彼は父に教わったその魔法で周りからの認識を薄めようとした。

つまり、ウィルの興味から逃れようとしたのである。

（これで………あれ？）

気配を消した筈のルーシェは目の前のウィルの様子に首を傾げた。

ウィルがまっすぐルーシェを見上げ、目をキラキラと輝かせ始める。

「ウィル様」

レンが素早くウィルの傍へ駆け寄る。

そんなレンを振り返ったウィルは興奮したように手をブンブン振りながらルーシェの方を指差した。

「なにー？　あれなにー!?」

ウィルの指差す方へ視線を向けたレンが微かに目を細める。

認識しにくくなっているが、間違いなくそこに人がいる。

睨まれる形になったルーシェは大量に汗を浮かべた。

（な、なんで……？）

認識を削ぐどころか注目を集めてしまった事に慌てるルーシェ。

その狼狽を感じ取って安全を確認したレンがため息をついて警戒を解いた。

「ウィル様にそのような魔法は通用しません。それに、急に人の気配が消えたら警戒するのは当然の事です」

当たり前のように言ってのけるが、そんな人間そうそういない。

汗を垂らして見守る周囲の人々をよそにウィルがルーシェの魔法を真似て存在を希薄化させた。

魔法の概要を理解してないウィルだが、それでも注意していないと認識し辛くなっている。

そんなウィルは堂々とルーシェに歩み寄ってその足にしがみついた。

「おしえてー、おしえてよぅ」

「あー、えーっと……」

自分と同じ事をやってのけるウィルを見て、ルーシェは思わず魔法を解除してしまった。

それから困ったように頭を掻いてレンの様子を窺う。

おねだりを続けるウィルと困惑するルーシェを見たレンは小さくため息をついた。

こうなるとウィルは満足するまで止まらない。

「少しお時間よろしいでしょうか？」

「はぁ……」

曖昧に頷いたルーシェはレンに促されるまま、ギルドの女性職員を伴ってギルドの奥の部屋へと案内された。

ギルドの応接室になっているその部屋はある程度功績でもなければ通されることはない。

冒険者になったその日に貴重な体験をしているルーシェは落ち着かない様子で立派な部屋の内装を見回した。

「どうぞ」

「どーぞー」

「あ、は、はい……」

レンとそれを真似るウィルに促されて、ルーシェが席に着く。

功績のない自分が特別な部屋に通されたのだ。

しかも、怒らせてはいけないと言われた人物二人を前にして。

もう怒られる気しかしない。

正面にレンとウィルが、横にギルドの女性職員が腰掛ける。

逃げ場はない。

先手を打って取り敢えず謝ろうかと悩んでいたルーシェにレンが静かに口を開いた。

「お名前は？」

「えっ、と……ルーシェです」

「どちらのご出身ですか？」

なんだこれ、とルーシェが首を傾げそうになる。

いったい何を聞かれているのだろうか、と。

「ルイベ村です……」

「今日、冒険者登録なさっています。依頼数ゼロ、ピカピカの新人です」

手元の資料を見ながら丁寧な説明を付け加えてくれる女性職員。

レンはそれを聞いてから少し間を開けた。

元々、感情が顔に出ないレンが何を考えているのか、初対面のルーシェが察するのは難しい。

「……ルイベ村」

レンは一言呟いてから真っ直ぐルーシェを見返した。

「あなた、森に入っていましたね？」

「えっ……!?」

レンの言葉にルーシェは度肝を抜かれた。

冒険者や許可ある者以外で森に入る事は禁止されている事が多い。

森に生息する魔獣の方が平原などに生息する魔獣より危険だからだ。

一部地域を立ち入り禁止に指定して、無茶な行動で命を危険に晒さぬよう、国とギルドで管理しているのだ。

ルーシェは森に入っていた。

当然、その事は誰にも言っていない。

余計な誤解を招く恐れがあるからだ。

レンが知る道理はない筈だった。

「どうして分かったんですか……？」

うっかり肯定してしまったルーシェが慌てて口を塞ぐ。

ため息をついたレンの表情はやや呆れているように見えた。

「あなたのハイディング技術は初級冒険者にしては洗練され過ぎています。ですが、一度も依頼をこなしたことが無い……依頼で侵入可能な森にも行ったことがないのにあの技術は不自然です。余程の手練に教わったとしても経験を積まないとあそこまでにはならない筈です」

「…………」

押し黙ってしまったルーシェにレンが続ける。

「ルイベ村は森に面していたはず……だから森に入った事があるのでは、と推測したのです」

ぐうの音も出ない。

まさか魔法一つでそこまで看破されるとは、ルーシェは思ってもみなかった。

「家が貧しかったので……森の浅い所で食用の魔獣を罠にかけたりしてました」

嘘ではない。

それほど森の深い所までは行っていない。

「それで日銭を稼いでいた、と……？」

「いえ、食ってました。食べる分だけ獲って……」

「………」

ルーシェの言葉にレンが疑わし気な視線を送る。

食用の魔獣は一匹からでも結構な量の食肉が取れる。

一家族で食べ尽くすのは結構骨だ。

いくらか手元に残して金に変える方が現実的だ。

それにルイベ村は王都からさほど離れていない事もあり、統治の行き届いた村だ。

それほど貧しくないはずだ。

「本当です。兄弟が多いので……」

「何人です？」

「…………」

静かに聞き返すレン。

言い淀んだルーシェが恥ずかしそうにポツリと答えた。

「…………八人です」

「「…………」」

何かを言わんとしたレンが口を小さく開けたまま、固まった。

横にいる女性職員の顔も何故か赤ぃ。

ウィルだけが感心したように目を輝かせた。

「たのしそー♪」

「そう？」

素直な感想をぶつけてくるウィルにルーシェが苦笑する。

それなりに賑やかではあったが、ルーシェとしては苦労する事も多かった。

その辺りを察するにはウィルはまだ幼過ぎた。

「れんー？　うぃるもいっぱいきょーだいほしー」

「そういう事はシロー様とセシリア様にお願いしてくださいませ」

やんわりとウィルの訴えを退けるレンにウィルが「わかったー」と頷いて椅子に座り直した。

そんなウィルの頭を撫でてレンがルーシェに向き直る。

「少し話が逸れましたが……ルーシェさん。先程の魔法は誰に教わったのですか？」

「え？　えーっと……父ですが」

ルーシェは父から魔獣の追跡や罠の仕掛け方、気配を殺す方法など一通り教わっている。

その事を包み隠さずレンに伝えると彼女の横でウィルが手を挙げた。

「はーい」

「どうしました、ウィル様？」

「れん、このひとにしよー」

唐突に切り出したウィルにルーシェが疑問符を浮かべる。

レンは少し考えてからウィルに聞き返した。

「どうしてそう思ったんですか？」

「んーとね、まりょくきれーだったからー」

魔力を目で捉えられるウィルはその人間の本質を魔力で判断している節がある。

これは風の一片のお墨付きでもある為、トルキス家では信頼されていた。

（うーん……）

ルーシェに視線を向けたレンが黙したまま考え込む。

彼女にしては少し歯切れが悪かった。

今回求めている門番募集の依頼は冒険者に出す依頼のランクとしては1とか2で初級冒険者でもなんら問題はない。

ただ、門番と言うからにはそこそこ腕っ節があった方がいいし、選考基準にもその事が多少含まれていた。

目の前のルーシェは同じ年頃の少年と比べて身長も平均的だし、痩せているとは言わないまでも細身である。

ぶっちゃけると見るからに弱そうだった。

というか、弱いだろう。十中八九。

レンほどの実力者であれば相手の力量を見誤ることはない。

ただ、弱いなりにも洗練された魔法を使ってみせ、ウィルにいい人だと気に入られたのだ。

判断に迷うところだ。

「あの……どういう事でしょう？」

話について行けないルーシェがおずおずといった様子でレンに尋ねる。

レンは一旦その場での合否を保留にした。

いくらレンが認めたとしてもルーシェが引き受けてくれなければ意味がないのだ。

「実はトルキス家の門番を務めてくれる人を探していまして……」

レンの説明にルーシェが耳を傾ける。

門番ともなれば拘束する時間は長くなる。

自由に冒険とはいかなくなるかもしれない。

「勤務時間についてはなるべく相談に乗るようにします。冒険者としての活動はある程度制限されてしまうかもしれませんが……」

「うーん……」

レンの説明にルーシェは困ってしまっていた。

聞けば住まいはトルキス家の脇にある離れの一室。

賄い付きといたれりつくせりだ。

しかし、冒険者になろうと故郷を離れてギルド登録したその日に雇われるというのはどうなんだろうか、と。

ルーシェが迷っていると横からギルドの女性職員が助け舟を出した。

「今回の依頼は冒険者ギルドからの依頼として処理されます。真面目に勤務に励んでいれば初級ランクの昇格審査は大変有利ですよ」

「はぁ……」

曖昧に頷いて返すルーシェ。

冒険者ランクの1や2は冒険者としてしっかりと仕事を完遂できるかを見る期間なので討伐のような他人の安全に関わるような重要な依頼は回ってこない。

街での使いや薬草採取などが殆どで規定の回数をクリアすると書類審査を受けることになる。

それを高待遇でこなせるのはとても魅力的な話だ。

だが、ルーシェはそんな事よりも他に気になる事があった。

「でも、僕……めちゃくちゃ弱いですよ？」

単純に戦闘経験がない上、腕っ節も強いとは言えない。

門番なんて務まるのだろうか、と。

治安のいい王都でそうそうトラブルがあるとは思わないが、正直、自信はない。

何より、自分は他人と争うのが嫌で故郷から逃げ出している。

自分が誰よりも弱い事は自覚していた。

俯くルーシェを前にしてウィルは笑顔で立ち上がった。

「だいじょーぶ！」

ウィルの声に思わず顔を上げたルーシェが正面からウィルを見返す。

その幼い顔は自信に満ち溢れていた。

「よわかったらつよくなればいーんだよ！」

嬉々として言い放つウィル。

当たり前の事を当たり前のように言われたルーシェは呆気にとられてポカンと口を開けてしまった。

その様子にレンが思わず笑みを浮かべる。

幼子の戯言のようでいて、なぜかウィルは人を惹き付ける。

「そうですね。ご希望であれば、門番として勤めて頂いてる間に武術指導も行えるように取り計らいましょう」

レンの提案にルーシェが振り向く。

どちらにしろ、冒険者としてやっていくのであれば、強くなる事は避けて通れない。

ルーシェの目が弱気なものから意を決したものへと変わる。

「じゃ、じゃあ……その、宜しくお願いします」

「あい！」

深々と頭を下げるルーシェに、ウィルが元気よく返事をして嬉しそうにレンの方を見上げた。

第四章

いっけんらくちゃ〜く

episode.4

will sama ha
kyou mo mahou de
asondeimasu.

その日は朝からメイド達が忙しなく動き回っていた。

暦上の休日――つまり、今日は昼食会なのである。

セシリアやターニャ、メイド達はその準備の仕上げに奔走し、子供達の監督は年長者のセレナやバークが見ていた。

「どこ行きましょうか？」

「なかにわー！」

セレナの問い掛けにウィルが手を上げて答える。

大きな庭は昼食会の会場になっている。

特に行く宛もなく、子供達はウィルの提案に乗って中庭へ出た。

「おー？」

「どうしたの、ウィル？」

先んじて中庭へ出たウィルが何かを見つけて立ち止まる。

後に続いたニーナがそれを見て納得した。

「ルーシェさんがまた倒れてる……」

「いや、心配しようよ……」

のんびりした感想を述べるニーナにバークが思わずツッコんだ。

セレナも後ろから呑気な様子で口に手を当てている。

「おーい、まだ終わりじゃないぞー？　立て立て」

対峙していたのであろうジョンが木剣で肩を叩いて呆れたように呼び掛ける。

するとルーシェはピクリと反応して顔を上げた。

「怪我したの？」

ラティが首を傾げるとジョンが首を横に振った。

「いーや、バテてるだけですよ」

「うう……」

短く呻いてルーシェが身を起こす。

雇われる事になって以来、ルーシェは使用人達が手すきの時に武術指導を受けているが、まだ数日。

ついていくのがやっと、という有様だ。

なんとか食らいついてはいるようだが、毎日力尽きては中庭に倒れていた。

そんなルーシェにウィルが歩み寄って顔をのぞき込んだ。

「るーしぇさん、だいじょーぶー？」

「ええ……ウィル様……」

「るーしぇさんがんばってるからごほーびあげるねー」

「………？」

荒い息を吐きつつ顔を上げるルーシェにウィルが杖を構えた。

「きたれつちのせーれーさん。どじょーのげきれい、なんじのりんじんをもてなせつちのさんか！」

ウィルの杖先から光が溢れ、それを吸い込んだ中庭の土がルーシェの足元から大量の光の粒を舞い上げた。

「「「わぁ……」」」

一同がその光景に感嘆し、ジョンが口笛を吹く。

「あ……」

何かに気付いたルーシェがゆっくりと立ち上がる。

体が軽い。

先程までの疲労がかなり回復していた。

「ウィル、そんな魔法いつの間に覚えたの？」

驚いたセレナが尋ねるとウィルは嬉しそうな笑みを浮かべた。

「いつもるーしぇさん、たおれてるからー。かーさまにおしえてもらったー♪」

「お母様に？」

「そー。げんきになるまほーなんだってー」

「へー」

セレナが感心したような声を上げる。

土のエネルギーを変換して取り込み、疲労を軽減する魔法だ。

体の動きを確かめて木剣を握り直すルーシェにジョンが笑みを浮かべた。

ルーシェのやる気に陰りがないのを見て取って純粋に喜んでいるのだ。

「よし、ほら！　もういっちょ来い！」

「お願いします！」

ジョンが二本の木剣を高く構え、ルーシェがその懐に踏み込んでいく。

ルーシェが振り下ろした木剣をジョンが左手の木剣で弾き、間髪入れず右手の木剣を薙いだ。

「フッ！」

更に踏み込んだルーシェが左腕に装備したラウンドシールドで弾く。

「そうだ！　しっかり弾け！　受け止めるんじゃねぇぞ！」

小型の盾は軽量で取り回しがし易い分、どうしても遠距離攻撃に弱くなってしまう。

足を止めると軽量の良さが消えてしまうのだ。

素早く打ち合う二人の姿を子供達が食い入る様に見守る。

すると、盾を前面に構えたルーシェが体ごとぶつけに行った。

ジョンがそれを両手の木剣を交差させて受け止めた。

「だめだ、そんな当たりじゃ！」

「わぁっ⁉」

拮抗するのかと思いきやルーシェが後方に弾かれて、そのまま尻餅をついた。

「うーん……どーも上手く行かんなぁ」

「す、すいません……」

ジョンが頭を掻きながらルーシェを見下ろす。

ルーシェは膝を付いたまま荒く息を吐いた。

その様子を見たウィルがルーシェに駆け寄って疲労回復の魔法を施し、また走ってセレナ達のもとに戻ろうとして――

「あっ！」

ウィルが何かに気づいたような顔をしてセレナ達の前で固まった。

「どうしたの、ウィル？」

不思議に思ったセレナが首を傾げるとウィルは表情を変えずにセレナ達を見上げた。

「これならるーしぇさん、ずっととっくんできるー」

「…………あー」

それはやっちゃいけないやつだ。

ウィルの言葉に一瞬キョトンとしてしまったセレナが脱力したように苦笑いを浮かべる。

いくら疲労を回復したからといって悪戯に修練を積み重ねても集中力が伴わなければ効果は薄い。どころか、型が崩れて悪影響を及ぼす可能性すらある。

セレナがその事をなんとかウィルに伝えようと言葉を選んでいると、視線の先で立ち上がったルーシェとジョンがまた打ち合いを始め、子供達がそれに注目した。

決められたようにルーシェが木剣を振り下ろし、ジョンがそれを受け、交代でジョンが薙ぎ、ルーシェがそれを弾こうとラウンドシールドを持ち上げて――

「あっ……！」

「ポゲラッ!?」

弾けずに素通りした木剣がルーシェの顔面に直撃した。

致命傷だ、本番ならば。

「おー……」

ひっくり返るルーシェを見たウィルが思わず声を漏らす。

「集中切れちまったな……今日はこんくらいにしとくか？」

「ふぁい……」

頭を掻きながら尋ねるジョンにルーシェが顔を押さえたまま力なく答える。

その様子を見ていたウィルは目をぱちくりさせると、次いでセレナの顔を見上げた。

「せれねーさま、ずっとはあぶないです」

「ええ、そうね。程々にしなくちゃね」

「ほどほどがいーです」

「そうよ、ウィル。お姉ちゃん、ウィルが自分で気付いてくれて嬉しいわ」

「いやいや、ルーシェさんの心配しようよ」

学習する弟の頭を撫でるセレナ。

その横で呑気な姉弟のやり取りを見ていたバークは思わずツッコミを入れた。

◆◆◆◆

ドナテロという男がいる。

三十そこそこのその男は商売に才覚を見出し、仕事熱心で周囲の信頼も厚く、若くして王都レティスの商工会ギルドでも顔が利くほどの人物だ。

そんな彼だが、最近少し気にかかっていることがある。

愛娘の事である。

先日起きた外周区での魔獣騒ぎの際、ドナテロは市街区にある自分の店におり、手伝いに来ていた妻や使用人達ともども難を逃れた。

しかし、彼の娘や幼い息子、メイドの一人は外周区にある自宅に取り残されてしまったのだ。

メイドの判断で辛くも窮地を脱した娘達であったが、その頃から娘のティファの様子が少しおかしいのだ。

どのようにかというと――

「うぃるさま、どっちのりぼんがすきかなぁ？」

「あぅー」

最近ようやく一人座りができるようになった弟に疑問を投げかけるティファ。

その姿にドナテロは眉をひそめた。

「どーおもうー、れおー？　うぃるさま、どっちがすきかなー？」

「だぅー」

「そーよねー、こっちかわいーもんねー」

「だー」

こんな具合である。

なにかにつけてウィル様ウィル様と言うのである。

もちろんドナテロもトルキス家の長男であるウィルベルの事は知っている。

仕事上、色んな立場の人間と会う彼はその評価についても聞き知っていた。

曰く、「レティスに舞い降りた天使」だの「天使の顔した悪魔」だの「安全弁の外れた発火魔道具」だの、枚挙に暇がない。

否定的な評価も聞かれたが、大抵は良い噂を聞かない者達からばかりで多くの者には受け入れられている。

でなければ、娘と変わらぬ歳の子供が大人達の間で噂される筈がない。

きっとシローやセシリア、使用人達から愛情を注がれてまっすぐ育っているのだ。

とはいえ、である。

男親として娘の口から他の男の名前を聞くのは心中穏やかではない。

それが例え良家の子息であったとしてもだ。

「おのれ、ウィル様……」

「子供部屋の前で何をなさっておいでなのですか、旦那様……」

戸の隙間から中の様子を窺うドナテロを見たメイドが呆れたように目を細める。

その後ろに控える夫人も同じく呆れたようにため息をついた。

「こ、このままではウィル様にかわいいティファを取られてしまう！」

狼狽える主人に夫人とメイドが頭を抱えた。

「旦那様、お嬢様くらいのお子様ですと仲のいい者はみんな好きになりますよ？」

「そうは言うけど……」

ドナテロが寂しがるのも無理はない。

夫人もそれが分からなくはないが、少々度が過ぎている。

それに、普通に考えれば娘の交友関係が広がるのはいい事だ。

「もういいわ、ルカエ……例の物を取って来てくれる？」

「奥様……畏まりました」

ルカエと呼ばれたメイドは一礼するとその場を去った。

夫婦二人っきりになり、夫人がドナテロをひと睨みする。

「あなた……？」

「うっ……」

メイドの前でみっともないところを見せてしまったドナテロへの無言の圧力だ。

と、そこへ廊下の騒がしさに気付いたティファが顔を覗かせた。

「おかーさま、どうしたのー？」

「なんでもないのよ、ティファ。少し様子を見に来ただけ……」

そう言うと夫人はティファの頬を撫でた。

それから屈んで娘の顔を覗き込む。

「ティファ、申し訳ないのだけれど……お父さんとルカエと一緒にお使いを頼まれてくれないかしら？」

「………？」

「ウィル様に会えるわよ？」

不思議そうにしていたティファだったが夫人の一言で表情をみるみる綻ばせた。

「ほんと!?」

「ええ、ホントよ」

「おいおい……」

盛り上がる母子にドナテロが待ったをかけるが、夫人が視線でそれを制した。

「あなたは、私の用意した手土産を持って、セシリア様にティファの件でお礼を言いに行くの！　分かったわね？」

「………はい」

妻に気圧されて、ドナテロは渋々承諾した。

手土産を持ったルカエを伴って、ドナテロとティファは家を出た。

「はやく、はやく！」

「お嬢様、慌てなくてもウィル様は逃げたりしませんよ」

急かすティファのはしゃぎっぷりにルカエが笑みを浮かべる。

待ちきれないティファはドナテロの手を取って引っ張り始めた。

「おとーさまー！　はーやーくー！」

「ははっ！　こらこら……」

甘えた素振りを見せるティファにドナテロも満更ではない。

こうしてティファと歩くのも久し振りだ。

これで目的が娘の夢中になっている男の子の家に赴く事でなければなおいいのに、と思わずにはいられないドナテロであった。

そうして、三人がトルキス邸の前までやってくると反対側からやってきた親子とばったり出くわした。

「あれ……？　ドナテロさんじゃねーか」

「こんにちわ、ドナテロさん」

「おお、アーガス君に奥さん、それにラテリアちゃんも。お揃いで」

旧知の鍛冶師一家にドナテロは驚いた。

アーガスは先日の魔獣騒動で片腕を失い、その後、見たこともない魔道具で義手を作ったと噂になっていた。

今もその土の義手を装着しており、その反対側の手を幼い娘と繋いでいた。

「ドナテロさんも呼ばれたのか?」

「何の話だい?」

全く身に覚えのないことにドナテロが首を傾げる。

「いや、今日はシロー様のお屋敷で昼食会を催すという事で誘われたんだが……」

「なんと……」

間が悪いことに行事とバッティングしてしまったらしい。

まぁ、用といえば持参した手土産を渡して礼を伝えるくらいだ。

長居する程の用もなく、滞在も出来ないのであればドナテロとしては都合がいい。

「それは知らなかった。私はたまたま、娘を助けて頂いたお礼を言いに来ただけで……」

隠す事なく要件を伝えたドナテロがアーガスと近況を報告し合う。

商売人としてはこうした横の繋がりはとても大事なのである。

大人達が世間話をする一方で、手を繋いだままの子供達も顔を突き合わせた。

ティファとラテリア――

二人の視線が交差する。

お互い閃くものがあった。

閃きは暗雲立ち込める草原へと変じて、警報全開の稲光が双方を照らし、彼女らの気迫はウサギとリスに昇華した。

「どうした、ティファ？」

「おい、ラテリア？」

動かなくなった娘達に父親達が問いかける。

不思議そうに首を傾げる大人達をよそに少女達のカンは相手の脅威を如実に伝えていた。

幼くとも女、ということなのだろうか。

そんな二人の心中に気付いたのは同じ女であるルカエとラテリアの母だけだった。

「はいはい、二人ともそこまでです。そんな事じゃウィル様に嫌われちゃいますよ？」

ルカエの言葉に少女達がピクリと反応し、その時間が動き出す。

が、今回は昼食会に呼ばれた者とそうでない者とで勝敗は分かれそうであった。

「それでは参りましょうか、旦那様」

「さぁ、あなた。ドナテロさんも」

「「あ、はい……」」

仕切って前を歩き出すルカエとアーガスの妻に促されて、曖昧な頷きを返したドナテロとアーガスは顔を見合わせて肩を竦めた。

「ようこそお出でくださいました」

表情を綻ばせたセシリアに出迎えられたドナテロはばつが悪そうに苦笑いを浮かべた。

「申し訳ございません。お忙しい中……」

「うふふ。気になさらないで下さい」

セシリアは笑顔で応えると、ドナテロとアーガスの足元にいた少女たちの前に屈んだ。

「いらっしゃい、お名前は？」

「てぃふぁです……」

「らてりあ……です」

やや緊張した面持ちで応えるティファとラテリア。

セシリアも前回ティファと会った時は避難者と負傷者の対応で忙しく、話すのは今日が初めてだ。

「ティファちゃんとラテリアちゃんね。私はセシリアよ」

「あ、あの……」

なんとなく、セシリアがウィルの母であることを察したティファがおずおずと尋ねる。

「うぃるさまは……？」

「……ふふっ。ウィルは中庭にいるわ。昼食会が始まるまで一緒に待っててもらえると助かるわ」

「ほんと!?」

セシリアの言葉にティファは表情を華やかせ、ドナテロは驚いたような顔をした。

「セシリア様、我々は偶然用向きがあっただけでして……」

「あら？　この後、ご用事でも……？」

遠回しに誘いを辞そうとするドナテロにセシリアが首を傾げてみせる。

「ありませんね」

ドナテロがなにか答えるよりも早く、お付きのルカエがぴしゃりと答えた。

「お、おい……」

「ありません」

戸惑いの声を上げるドナテロにルカエがじとりとした視線を向けて、再度答える。

ルカエもこの場が貴族としての正式な場であったなら無茶を通す気はない。

が、この場はそうではなく、セシリアも心からティファの参加を歓迎してくれている。

（一緒に居合わせたラテリアちゃんが参加できて、ティファお嬢様が参加できなかったらティファお嬢様が傷つくと、なんで思わないんですか？）

鈍感な主を視線で咎めるルカエに既視感の湧いたセシリアが思わず笑みを零した。

当然、セシリアもそのことに気付いていてティファを招き入れている。

だから、ドナテロがノーと答えてもティファだけは預かるつもりでいた。

「や、妻を待たせていますので……」

「それでは奥様も是非ご一緒に」

セシリアにそう言われてしまってはドナテロに返す言葉はなく——結局、一家で昼食会に参加することになった。

「エリス。ティファちゃんとラテリアちゃんをウィルのところまで案内してあげて」

セシリアが傍にいたエリスを呼び止め、二人を案内させる。

ルカエはドナテロの夫人を呼びに行くことになり、その後ろ姿を見送ったドナテロは深々とため息をついた。

「まぁ、その……気にすんなよ」

「ああ……」

なんだか立場の弱いドナテロを気遣ったアーガスがその肩を叩き、彼らはセシリアの案内で集まった者達のところへ赴いた。

◆

「はっぴょーかい、するのー？」

「ええ。ウィル様に皆の前で魔法を使って欲しいんです」

マイナの願い出にウィルは笑顔を浮かべた。

嬉しそうになんの魔法を皆に見せようか思案し始める。

「まいなー、なにがいーい？」

「そうですね……ガイオス様をおててで魔法で捕まえるのはどうでしょう？」

「わかったー♪」

マイナが提案するとウィルは満面の笑顔で応えた。

皆に魔法を見てもらえることが嬉しくて仕方ないらしい。

とってもゴキゲンだ。

こっそりと悪い笑みを浮かべているマイナに気付きもしない。

そんなやり取りをしているとエリスが姿を現した。

「ウィル様、お友達が来てくれましたよ」

「おー♪」

ゴキゲンなウィルが振り返るとエリスの後ろからウィルと同じ年頃の女の子が二人ついてきていた。

まるで決戦の地に赴くかのような真剣な眼差しをした二人の女の子が真っ直ぐウィルの方へと歩いてくる。

「おー……」

気圧されたウィルの声のトーンが下がった。

「あら、ラテリアちゃんとティファちゃんね」

「いらっしゃい。良かったわね、ウィル」

二人を見知るセレナとニーナがラテリア達を招き入れると二人はウィルの前に立った。

「「「…………」」」

無言の三すくみを披露するウィル達に周りの者達が苦笑する。

傍目からは二人の雰囲気に押されたウィルが少し怯えているように見える。

「仲良く、待っててくださいね？」

エリスが静かにそう告げてようやく、ラテリアとティファがハッとなった。

二人してルカエに言われたことを思い出したのだ。

仲良くしないとウィルに嫌われてしまう、と。

ラテリアとティファはお互い視線を交わすと頷き合った。

（はんぶんこ……）

（はんぶんこね……）

そんな見事なアイコンタクトの末、少女達はウィルの両脇に移動してその手を取った。

ウィルのはんぶんこがここに成立した。

「そうそう、それでいいんですよ」

「みんな仲良く、ね」

満足したようにエリスとマイナが頷くとラテリアとティファの顔にもようやく子供らしい柔らかな笑顔が浮かんだ。

一方、何がいいのかさっぱり分からず、ぽかんとした顔をするウィル。

そんなウィルの表情にエリスたちが思わず吹き出した。

「そのままだと動きづらそうですし、端っこに座って待ってましょうか」

エリスが提案してマイナが子供達を誘導する。

「…………？　…………？」

一人混乱の世界に旅立ってしまったウィルはラテリアとティファに手を引かれるまま、中庭の縁側に向かって歩き出した。

◆

「やぁ、マエル先生」

見知った顔を見かけたアーガスが声をかけると年老いた治癒魔法使いは人懐っこい笑みを浮かべた。

「ごきげんよう、アーガスさんに奥さん。それと……」

「ドナテロと申します、マエル先生。お噂はかねがね……」

視線を交したドナテロが頭を下げるとマエルはほっほと笑って髭を撫でた。

「なに、ウィル様ほどではありませんよ」

「またまた……」

苦笑するドナテロ。

ドナテロの知る限り、マエルほど優秀な治癒魔法使いはいない。

そんなマエルでさえウィルの名前を引き合いに出すことにドナテロは正直驚いた。

もっとも、治療院でウィルと接する機会が多く、ウィルのことをよく知るマエルにとっては不思議でも何でもない事だったたが。


「調子はどうだ？　ジェッタくんにメアリーちゃん」

アーガスが二人に声をかけると二人はペコリと頭を下げた。

「順調ですよ。もう車椅子も必要ないかな、と」

「最近は義足の感触にも慣れたみたいで……」

ジェッタに寄り添うメアリーを見て、アーガスが笑みを浮かべる。

トルキス家に避難していた時のような暗い影も今はない。

アーガスもジェッタもあの騒動で体の一部を失ったものの、ウィル達のお陰で普段通りの生活を送れている。

それどころか、ウィル達の造った魔法の義手や義足の技術がフィルファリア王国に譲渡された為、その経過観察の対象として二人は十分な待遇を国から受けられることになったのだ。

「良かったな」

「はい」

アーガスの言葉にメアリーがにっこり微笑んだ。

あの日起きたことが消え去るわけではないが、それでも今ある未来はあの頃メアリーが想像したものより随分いいものだ。

アーガスとしては自分のことでもあるが、メアリーの笑顔を取り戻したウィルに感服するほかない。

「皆さん、お揃いで……」

しばし談笑していると遅れてシローがガイオスとカルツ、ヤームを引き連れて姿を現した。

「げっ！　ジェッタ、メアリー！」

リリィのお付きである二人を見るなり周囲の警戒を始めたガイオスにジェッタ達が苦笑する。

「今日は二人ですよ、ガイオス様」

「義手と義足のご縁で……」

「ああ……そうだったな」

メアリーとジェッタが交互に説明すると、落ち着きを取り戻したガイオスが申し訳なさそうに頷いた。

ガイオスはリリィと幼い頃からの馴染みだ。

そしてジェッタもメアリーも古くからリリィのフォランド家と関わりがある。

ガイオスも二人とは古くからの知り合いであり、ジェッタの怪我に心を痛めた一人だった。

それを横目で窺っていたシローが小さく嘆息する。

「さて、そろそろ始まるかな？」

見れば門の方から【大地の巨人】のメンバー達も集まってきており、セシリアもこちらに近付いてきていた。

おそらく子供達も――

「「「…………ん？」」」

姿を現した子供達を見た大人達が眉根を寄せる。

子供達の中心にいるウィルが両腕をラテリアとティファに掴まれて歩いてくる。

嬉しそうな少女達とは対象的にウィルは困惑しており、為すがまま引きずられているように見える。

「こらこら、ラテリア。ウィル様が窮屈そうじゃないか」

「そうだぞ、ティファ。少し離れなさい」

アーガスとドナテロが注意すると、視線を交わしたラテリアとティファがちょっとずつウィルを解放し始めた。

二人がウィルから離れると緊張からも解放されたのか、ウィルが大きく息をついた。

「ご苦労様ね、ウィル」

「はうー」

笑みを浮かべて労うセシリアにウィルは気の抜けた返事をすると困った顔でセシリアを見上げた。

「かーさまー、おんなのこのあいてってたいへんー」

思ったままを口にするウィルの言い様に大人達は思わず吹き出した。

セシリアも口を押さえて笑い、大きく息をつく。

ウィルはくたびれた様子でそんな大人達を不思議そうに見上げていた。

「そういうものよ、ウィル」

「そっかー」

セシリアが大任を果たしたウィルの頭を優しく撫でるとウィルは納得したように応えてセシリアの

手に身を任せた。

「ふふっ……」

微笑んだセシリアがウィルから手を離し、視線をメイド達の方へ向ける。

準備していたメイド達がその合図で集まった者達に飲み物を配り始めた。

全員の手に飲み物が行き渡ったのを確認してセシリアが話し始める。

「皆様、本日はお集まり頂き、誠にありがとうございます」

大人も子供も注目する中、セシリアは優しく笑みを浮かべた。

「少し早いですが昼食会を始めたいと思います。皆様、楽しんでいって下さいね」

セシリアから目配せを受けたシローが頷いてコップを高く掲げる。

「それじゃあ……乾杯！」

「「乾杯！」」

全員が揃ってコップを掲げて唱和して、トルキス家での楽しい昼食会が始まった。

◆

「お心準備はよろしいですか？　リリィ様」

トルキス邸の応接室にて。

静かに尋ねてくるマイナを正面から見返したリリィは息を呑んだ。

ここから先に進めばもう後には引けない。
（もし、ダメだったら……）
リリィの頭の中を不安がよぎる。
マイナはその様子を急かすでもなく柔らかな表情で見守っていた。
リリィが自分の胸に手を当てて目を閉じ、ゆっくりと呼吸する。
マイナは分かってくれている。怖くないはずがないのだ、と。
ひとつふたつと呼吸を繰り返し、リリィが身のうちの不安を追い出していく。
大丈夫だ。一度は死を覚悟して、決めたではないか。
この想いを伝えようと。
ゆっくりと目を開けたリリィの瞳に決意の火が灯る。
「大丈夫です」
リリィが笑みを浮かべて小さく頷く。
みんなが応援してくれているのだ。
特に目の前のマイナはリリィの為に秘策まで用意してくれている。
「参りましょう」
「では、こちらへ……」
マイナの案内に従ってリリィが歩き出す。
長年の想いに決着をつけるために。

「くまのおじさん、こっちー」

ウィルに促されたガイオスが周りの者達の注目を浴びながら前に出る。

「ここでいいですか？　ウィル様」

「そー、そこでいーよー」

こくこくと頷くウィル。

ガイオスと対峙したウィルが手にした杖を振り上げた。

「きたれ、つちのせいれいさん！　だいちのかいな、われをたすけよつちくれのふくわん！」

魔素と魔力が結びついてウィルの周囲に三対六本の副腕が出現する。

周りから感嘆の声が上がった。

続けてウィルが杖でガイオスを指し示す。

「いけー！」

ウィルの意思を汲んだ四本の副腕がガイオスの四肢を捕まえた。

「ぬぉ……これは……」

ガイオスが驚きに身をよじる。

小さな腕に支えられているように見えて、ガイオスの体はピクリとも動かなかった。

「どーお？　くまのおじさん」

「全然動かん……」

困惑するガイオスにウィルがえへへと嬉しそうな笑みを浮かべた。

それを傍から見ていた空属性の精霊スートが満足気に頷く。

「ウンウン。いい感じに改善されたな」

「見てあげたんですか、スート？」

カルツが尋ねるとスートが鼻を擦りながら笑みを浮かべた。

ウィルの【土塊の副腕】はまだ未完成で改善の余地がある。

本来新しい魔法を作るのに必要だった精霊が足りなかったからだ。

その足りなかった部分をスートが手直しし、【土塊の副腕】に改善を施したのだ。

「ああ、見てみろよ！　あんな小さな腕で完全に大男の動きを封じてるんだぜ！」

以前は動きを封じるにしても力技だった。

それが魔法効果によるものに変わり、魔法としてのランクが一段上がっていた。

得意気なスートにその契約者であるカルツが深々と嘆息する。

「全く、あなたは……ウィル君はまだ幼いんです。使いやすいようにするならまだしも、魔法を強化してどうするんですか？」

「は？　してねーよ。アレはもともとあーいう魔法だ」

何事か言い合うカルツ達を他所にウィルの魔法を見ていた大人達が思い思いの表情を浮かべる。

特にドナテロ達はウィルの魔法を実際に見るのは初めてでポカンと口を開けてしまっていた。

そのどれもに好意的な感情を覚えたウィルが照れ笑いを浮かべていると、門の方から昼食会への新たな参加者が姿を現した。

「なっ……!?」

近付いてくる参加者の顔を見たガイオスが驚愕する。

ウィルも気がついて振り向くと、その人物に表情を綻ばせた。

「あー！　りりぃおねーさんだー」

マイナを伴って姿を現したリリィにウィルがおーいと手を振る。

リリィはそれに笑顔で応えて、ウィル達の方へ歩み寄ってきた。

「あ、ああ、そうだ！　用事を思い出した。ウィル様、副腕を仕舞ってくれると嬉しいのだが……」

「えー……？」

慌てた様子で拘束から逃れたがるガイオスにウィルが唇を尖らせる。明らかに不満顔だ。

「りりぃおねーさんにもみてもらうのー！」

「そ、そう言わずに……な？」

「いーやー」

ガイオスの訴えは却下された。

拘束されたガイオスのもとまでやってきたリリィとマイナにウィルが得意気な笑みを浮かべる。

「みてー、くまのおじさんつかまえたのー」

「ナイスですよ、ウィル様」

マイナに頭を撫でられたウィルが嬉しそうに身を任せる。

そして二人で少し距離を離した。

ガイオスとリリィが二人で向き合う空間を作るためだ。

「ご機嫌麗しゅうございます、ガイオス様」

「あ、ああ……」

頭を下げるリリィを前にガイオスが唯一動く顔を背ける。

（思えば、いつもそう……）

二人きりで話す機会を得るとガイオスはいつもこうして顔を背ける。

子供の頃はそんな事はなかったのに。

耳まで赤くしたガイオスの横顔をまっすぐ見ながらそんな風に考えていたリリィはゆっくりと話し始めた。

「今日、こうしてこちらに伺いましたのはガイオス様とどうしてもお話ししたかったからです」

「そ、そうか……」

かしこまって話し続けるリリィにガイオスが汗を浮かべる。

その様子を横から見ていたウィルがムッと眉をひそめた。

（くまのおじさん、りりぃおねーさんのかお、みてないー）

セシリアもレンも話す時は相手の顔を見るようにとウィルに言い聞かせている。

それをガイオスがないがしろにしている姿を見て機嫌を損ねたのだ。

(りりぃおねーさん、おはなししてるのにー!)

プンプンと頬を膨らませたウィルが杖を振る。

待機していた二本の副腕が飛翔し、ガイオスの頭を左右から挟み込んだ。

これでガイオスの顔をリリィの方へ向けるのだ。

「えいっ!」

グキッ——!

変な音がした。

ウィルは満足そうにウンウンと頷いたが、ガイオスの顔の角度は微妙に傾いている。

いきなり顔の向きを変えられたガイオスは軽く目眩を覚えたが、目の前のリリィは真剣そのもの。

ジッとガイオスと視線を合わせた。

「ガイオス様……リリィはガイオス様の事を愛しております」

いきなりの告白に見守っていた者達からどよめきが起こる。

それを気にした風もなく、リリィは続けた。

「長く思いを馳せ、お待ちしておりましたが……もう待てません」

「ちょ、ちょっと待て。リリィ……」

「いいえ、待ちません」

ガイオスの制止を振り切って、リリィが告げる。

「恥を忍んで申し上げます、ガイオス様。リリィと結婚して下さいませ」

普段の儚げな印象はなく、一人の男性に想いを伝える凛々しい姿。

彼女の人となりを知る者は素直に感心していた。

愛する者の為、彼女はここまで変われるのか、と。

やや間を開けて、ガイオスは観念したように深くため息をついた。

「ウィル様、拘束を解いてくれんか？　この期に及んで逃げるような真似はせん」

「えー……？」

「ウィル様、放してあげてくださいまし」

「わかったー」

リリィからもお願いされ、ウィルが【土塊の副腕】をすべて消す。

自由になったガイオスが頭の角度を確認するように首を回した。

そうしてリリィと真正面から向き合ったガイオスが言葉を選びながら静かに口を開く。

「リリィ、考え直せ。お前は今や宰相の妹だ。俺なんかよりももっといい嫁ぎ先もあるだろう」

「嫌でございます」

「そう言うな。フォランド家には大切なことだ」

「家は関係ありません！」

「それに俺は見た目もよくない。お前のようないい女が嫁ぐ先では……」

「ガイオス様はこのリリィが見た目だけで殿方を判断するような女だとお思いですか？　ガイオス様のお心がどれほど素晴らしいか、リリィが一番存じております」

「…………」

「それとも、命を賭けて守ると仰っていただいたのは嘘ですか……？」

「その言葉に、二言はない。だが、昔のようにお前の手を取ることは……」

結局のところ、ガイオスは急激に地位を上げたフォランド家の心配をしていた。

もともと下級貴族であるフォランド家には味方と言える者も少ない。

だが、リリィがそういったところに嫁げば味方に引き入れることができる。

もともと付き合いのあるローゼン家に輿入れするよりかはずっと効果的なのだ。

「むぅ……」

沈黙してしまったガイオスとリリィの顔を交互に見たウィルが不機嫌そうに唇を尖らせる。

ウィルには二人の事情など知る由もないが、二人の表情が悲しそうなのは分かった。それはよくない。

ウィルは悲しそうな顔は嫌いなのだ。

分からないなりに何事か言おうとするウィルの肩にマイナがそっと手を触れた。

笑みを浮かべたマイナはウィルと視線を交わすとゆっくり前に出た。

「ガイオス様はリリィ様のことを愛しておいでなのですね？」

「ん……」

マイナの質問にガイオスが小さく唸る。

肯定とも否定ともつかない反応だが、マイナには確信があった。

リリィの好意に対してガイオスは一切否定していない。

本当に結婚したくないのであれば好意そのものを否定すればいい。

もっとも前情報において大体のことは把握していたのだが、マイナにとって本人の反応が見れたことは大きかった。

「それが分かれば十分です。よくご自身の胸の内をお伝えになられました、リリィ様」

マイナがリリィの傍に寄って労う。

不安そうなリリィの表情をマイナは笑顔で見返した。

「マイナさん……」

「大丈夫ですよ、リリィ様。あとはお任せしましょう」

そう言うマイナの視線を追うと、いつの間にかこちらに向かってくる人影があった。

フードを目深に被り、外套で身を包んだ三名が庭を横切りマイナ達の方へと向かってくる。

怪しむ参加者達の警戒を解くようにマイナが頭を下げてリリィの傍から離れた。

三名がガイオス達と向き合うように足を止める。

目深に被られたフードからはその表情を窺うことができず、警戒したガイオスとリリィの距離が無意識に近くなった。

「話は聞かせてもらったぞ」

真ん中に立った人物が見守る者達にも聞こえるように声を張る。

男の、幾分年かさを感じるがよく通る声だ。

「……何者だ」

ガイオスがリリィを背に庇うように立ってフードの人物に誰何《すいか》すると、それに応じるように向かって右側の人物が前に出た。

「控えぃ控えーぃ、このお方をどなたと……」

「やめんか。悪人を懲らしめに来たんじゃないんじゃぞ、カークス」

ローブの内側から何かを取り出そうとする男を真ん中の男が手で制す。

男が下がるのを確認して、真ん中の男はフードに手をかけた。

そのまま、フードを背後に落とす。

現れた男の顔を見たガイオスの表情が見る見るうちに驚愕へと染まっていく。

「せっ……せっ……せっ……！」

「そ。ワシじゃよ」

「先王陛下!?」

ガイオスの後ろでリリィも驚きに目を見開き、両手で口元を隠した。

二人の前に姿を現した人物は間違いなくフィルファリア王国の前国王ワグナー・レナド・フィルファリアであった。

「「「ははぁっ！」」」

ウィルを除いた周りの者達が揃って膝をつこうとするのをワグナーが手を上げて制する。

「やめいやめい。今日のワシはそなたらと同じ客人じゃ。面を上げよ」

そうは言っても、という話である。

ワグナーも慣れているのか、それ以上は何も言わず目の前のガイオス達に向き直った。

「ローゼン家の鼻タレが。大きくなったもんじゃのう」

「先王様におかれましては……」

「しつこいぞ、ガイオス」

「はっ……」

萎縮するガイオスにワグナーがため息をつく。

「お主、フォランド家の令嬢を妻に迎える事に難癖をつけとるそうじゃのう？」

「い、いえ！　そのような事は決して……」

「そうか？　ワシはお主が嫌がって両家の仲に溝ができそうじゃと聞いておるぞ？」

「だ、誰がそのようなことを……」

「両家の当主じゃ」

フォランド家の当主はフェリックス宰相で、ローゼン家の当主はガイオスの父親である。

ひょっとしてワグナーをこの場に送り込んだのも二人の差し金か。

そんな風に思考を巡らすガイオスは後ろで飄々としているマイナに気付きもしない。

「どうじゃ。不満なのか？」

「いえ、しかし……フォランド家が多くの味方を得るには……」

尻すぼみに小さくなっていくガイオスの声にワグナーは深々と嘆息した。

「アホか。あのフェリックスがそんなことを苦にするようなタマか？　余計なお世話じゃ」

「………」

黙り込んでしまうガイオスにワグナーが続ける。

「考え方が古いんじゃ、お主は。ちっとはシロー殿とセシリアを見習ったらどうじゃ」

引き合いに出されたシローとセシリアに視線が集まり、二人が顔を赤らめる。

ワグナーはシロー達からガイオスへと視線を戻すとニヤリと笑みを浮かべた。

「で？　ガイオスよ、どうするんじゃ？　まさか、勇気を振り絞って想いを伝えた女性に恥をかかせるつもりではあるまいな？」

ワグナーが未だ呆然とするリリィと視線を合わせると、その意図に気付いたリリィが恐る恐るガイオスの顔を見上げた。

リリィの視線が見下ろしてくるガイオスの視線と合う。

「いいのか、リリィ。俺なんかで……」

「………はいっ！」

瞳に涙を浮かべたリリィが喜びのあまり、ガイオスに飛びつく。

その体をガイオスの無骨な腕がぎこちなく受け止めた。

「おめでとー！　二人とも！」

シローが二人を祝福すると、周りで見守っていた者達からも次々と祝福の声が上がった。

その様子にワグナーも声を出して笑う。

みんなの表情が嬉しそうな笑顔に変わり、ウィルの顔にも笑顔が浮かんだ。

「うむ。これにて一件落着！」

「らくちゃーく！」

ワグナーの言葉をウィルが嬉しそうに復唱する。

それに気付いたワグナーの表情が一層綻んだ。

「そうじゃ。らくちゃーく、じゃ！」

「らくちゃーく！」

両手を上げてぴょんぴょん跳ねるウィル。

楽しげな二人に感化されて、恐れ多く感じていた周りの者達も次第と笑みを深くしていった。

◆

夜も更け、皆が寝静まった頃。

「ふぅ……」

一人で翌朝の下拵《したごし》えの確認をしていたセシリアはその日何度目かのため息をついた。

これじゃあいけない、と思いながらも気が付けば自然とため息が出てしまっている。

そんなセシリアを気遣ってか、シローが厨房に姿を現した。

「セシリアさん……」

「シロー様……ごめんなさい。すぐに参りますから……」

そう言ってセシリアが水場で手をすすぐ。

その横顔に覇気はなく、苦笑にため息を混ぜたシローは黙ってセシリアのもとへ歩み寄った。

「シローさま――キャッ!?」

手を拭いていたセシリアをシローが背後から抱き寄せると、セシリアは小さく声を上げた。

「……シロー様？」

抱き締めたまま、動かぬシローを不思議に思いながらセシリアがその腕を抱き返す。

しばらくそうして寄り添っているとシローが口を開いた。

「不安かい？」

「……ええ、少し」

セシリアは素直に頷いて、もう少しだけ強くシローに寄りかかった。

昼食会に姿を現した先王ワグナーはガイオスとリリィの仲を取り持つだけではなく、現国王アルベルトの使者としてトルキス邸に訪れていた。

二つの願いと一つの命令を携えて。

「セレナはしっかりした娘です。あの子が大丈夫というのなら、大丈夫でしょう。アルベルトお義兄様がウィルに会わせて欲しいと願うのも分かります。でも……」

声の調子を落としたセシリアが少し躊躇ってから続けた。

「本当にお一人で向かわれるのですか?」

「……………」

シローはすぐに答えなかった。

どう返答してもセシリアの不安を拭える気がしなかったからだ。

ワグナーが持ってきた二つの願いと一つの命令。

願いはセレナの社交界デビューとトルキス家の謁見だ。

そして命令はシローに遠征し、魔獣を討伐せよ、というものだった。

シロー自身は朝のうちに呼び出され、大まかな話は聞かされていた。

その上で一人で向かう事を選択したのだが、セシリアはあからさまに表情を曇らせた。

「せめて、カルツ様にご同行願うか、レンを連れて行かれては……」

セシリアの言うことはもっともな話だ。

一人では不測の事態に対処しきれない。

いかにシローが手練であってもだ。

だが、シローは小さく首を横に振った。

「現地で案内役と合流することになってる。問題ないよ。それに……」

シローには自分の遠征とは別に心配している事があった。

「飛竜の渡りの時期が近い。できればカルツ達にはここにいて欲しい」

飛竜の渡りとは飛竜が住処を移すことを言う。

生態系の頂点に位置する竜種は特定の区域に住処を持つ。

普段はその竜域と呼ばれる場所から離れることはないが、この時期はあぶれたドラゴンが高確率で住処を移すのだ。

それが度々人里に被害をもたらしている。

あぶれるドラゴンは竜種の中では下位だがそれでも他種族にとっては脅威だ。

「それも心配なんです。この間の騒ぎのように地竜様の加護が効かず、王都が襲われるんじゃないかって……そんな時にシロー様がいらっしゃらないなんて……」

「………」

ここ数年、フィルファリア王国における竜種の被害は極端に少ない。

大した渡りが観測されていないということもあるが、シローの存在があったからだ。

【飛竜墜とし】の二つ名を持ち、魔獣戦闘における絶対的な強さを誇るシローが騎士達の先頭に立ち、竜害を防いできたのだ。

そのシローを渡り目前に欠くのはフィルファリア王国にとっても痛手である。

にもかかわらず、シローへ直接命令が下ったということはそれだけ良くない事が起きているということでもある。

それをセシリアが分からないはずなかった。

シローは抱き締めていたセシリアの肩に手を添え、彼女を振り向かせた。

セシリアも抵抗なくシローへ向き直る。

自然と二人の顔の位置が近くなった。

「何かあればカルツやヤームが助けてくれる。だからそんな顔しないで待ってて……」

一人では心配。

一人で行かなくても心配。

残ることができない以上、セシリアの心配が晴れることはない。

「はい……」

結局、セシリアには頷くことしかできなかった。

そのままシローの胸に額を当てる。

「どうかご無事で……」

不安げな表情のまま、セシリアがシローを見上げる。

その不安を拭い去ろうとシローがセシリアに顔を寄せて――

「……ん？」

「えっ……？」

不意に人の気配を感じたシローが厨房の入り口に目を向け、それに倣ったセシリアも同じ方へ視線を向けた。

「…………」

「…………」

「…………」

「……ウィル、何してんの？」

厨房の入り口からこっそりウィルが覗き込んでいた。

「みつかっちゃったー」

嬉しそうにあちゃー、と顔を隠すウィル。

一方、近寄り過ぎていた距離をそれとなく離すシローとセシリア。

「うぃるもなかよしするー！」

二人に見つかって隠れる必要のなくなったウィルが駆け寄ってシローの足にしがみつく。

「ウィル、いつからいたの？」

セシリアがウィルに尋ねるとウィルはにっこり笑顔でセシリアを見上げた。

「せれねーさまのおはなししてるとこからー」

わりと最初からいた。

ウィルは視線をシローに向けるとシローの足を揺すり始めた。

「ねー、とーさま、ねー」

「なんだ、ウィル？」

「とーさま、どっかいっちゃうのー？」

不思議そうに尋ねてくるウィルにシローは少し困ったような笑みを浮かべた。

バレてしまったのなら隠していてもしょうがない。

「ああ、騎士のお勤めでな……しばらく帰ってこれない」

「えぇ～……」

残念そうな声を上げるウィル。

セシリアもその様子を少し寂しげに見守っていた。

「うぃる、てつだってあげよーかー？」

ウィルは自分の魔法が役に立つと思っているのだろう。

そんな風に提案してきてシローは思わず表情を綻ばせた。

「今回のお仕事は遠いからなー。また今度な？」

「むぅ……」

断るシローにウィルが頬を膨らませる。

そんな我が子の頭をシローは優しく撫でた。

「その代わりな、ウィル。お母さんを守ってあげて欲しいんだ」

「かーさまを……？」

「ああ。お父さんはお母さんの傍にいてあげられないから、代わりにウィルがお母さんを守ってあげるんだ」

シローが提案するとウィルはセシリアの顔を見上げた。

少し寂しそうにしている母の顔を。

「わかったー」

セシリアをこのまま寂しがらせるわけにはいかない。

ウィルは快く承諾した。

シローもそんなウィルに頷いて返す。

「よし、任せたぞ。それじゃ、お布団に戻ろうな」

「はーい」

元気よく返事をしたウィルがシローに抱きかかえられる。

「セシリアさん、心配しないで。大丈夫だから」

「はい……」

「帰ってきたら美味しい手料理、たくさん振る舞って」

「ふふっ……そうですね。シロー様がお戻りになる頃には、また旬の食材が出回っているでしょうし
……何かリクエストがお有りですか？」

幾分、表情を和らげたセシリアにシローが思考を巡らせる。

「フルーツが美味しくなる時期か……」

「ひょっとすると竜肉も店に並ぶかもしれませんね」

「じゃあフルーツサラダと竜肉のステーキかな」

「分かりました。腕によりをかけてお作り致します」

まだ完全にとはいかないが、セシリアの表情にもいつもらしさが戻ってきた。

それを見て安心したシローはウィルを寝室に運ぶべく厨房を出た。

「そういえば、ウィル。なんでこんなところまで来たんだ？」

「おといれー」

「そっか。ちゃんと手は洗ったか？」

「…………あらったー」

「おい……なんで間を開けた？」

そんなやり取りが聞こえて、セシリアは苦笑してから頬を綻ばせた。

大丈夫、いつもの我が家だ、と。

「ねー、とーさまー？」

「なんだい、ウィル？」

シローがウィルの弾む声に視線を向ける。

「うぃる、じょーずにかくれてたー？」

「ん？　ああ、上手だったぞ」

少なくとも妻にデレデレになって油断していた一流剣士をだまくらかせるくらいには。

そんな風に心の中で付け足しながら、しかしシローは違うことをウィルに伝えた。

「みんな驚いちゃうからな。あんまりお家の中で使っちゃダメだぞ？」

「はーい♪」

元気よく返事をするウィルにシローは頷き返して。

とりあえず、ウィルを洗面所に連れて行くのだった。

◆

シローが任務へ出発する日の朝。

ウィルはシローを見送る為、家族や付き添いの使用人達と門まで出向いていた。

「おはようございます、シロー殿」

シローが見送りに来たフェリックス宰相と握手を交わす。

その後ろにはガイオスとリリィの姿があった。

「宰相自ら、申し訳ありません」

「いえいえ」

頭を下げるシローにフェリックスが笑みを返す。

「私が留守の間、妻と子供達のことを宜しくお願い致します」

「任せて下さい」

快く引き受けてフェリックスがシローに一歩近付く。

「渡りの時期を目前にシロー殿を欠くのは我々としても辛いところですが……この任務を任せられるのはシロー殿しかいません。どうか……」

「心得ています」

今度はフェリックスが申し訳なさそうに頭を下げ、シローが笑みを返した。

顔を上げたフェリックスが懐から取り出した書状をシローに託す。

「命令書です。相手の案内役に見せれば伝わるでしょう」

「了解です」

「……見間違いであればよかったんですけどね」

「ははっ……」

嘆息するフェリックスにシローは苦笑いを浮かべた。

魔獣の討伐を他国に依頼する以上、見間違いであるということはないだろう。

フェリックスも十分わかっているはずだ。

「それでは、ご武運を……」

フェリックスはそう告げるとシローから距離を取り、セシリアへ目配せをした。

ここからは僅かばかり家族の時間だ。

「さぁ、あなた達もお父様をお見送りして」

セシリアに促されて子供達がシローの下へ駆け寄った。

「行ってらっしゃいませ、お父様」

「お父様、早く帰ってきて下さいね！」

交互に見送りをするセレナとニーナを抱き締めて、シローが笑顔を返す。

「とーさまー、いってらっしゃーい！」

ウィルも短い手を精一杯伸ばしてシローに抱き着いた。

それを受け止めて、シローがウィルの頭を撫でる。

「ウィル、お母さん達のこと、頼んだぞ？」

「はーい♪」

何を頼まれているのか分からないだろうが、ウィルは快く返事をした。

「あのねあのね、とーさま！」

「ん？　なんだ、ウィル？」

シローから離れて主張し始めたウィルに全員が注目する。

ウィルはそんな視線を気にも止めないで、悩むような仕草を取った。

「うぃる、いっしょーけんめいかんがえたんだけど……」

「「「……？」」」

何を一生懸命考えることがあるのか。

ウィルの言葉を不思議そうに待っていると、ウィルは真剣な面持ちで続けた。

「とーさまのごほーびがふるーつさらだっていうのは、ちょっとぉ……」

「……は？」

あまりにも唐突なセリフにシローの目が点になる。

「いやいや、ウィルも好きだろう？　フルーツ」

「ふるーつは、よい」

ウィルもフルーツには納得しているようで、どうやらサラダが引っかかっているらしい。

ウィルにとって、サラダはご褒美になり得ないのだ。

しきりに「さらだはー、さらだはー」と繰り返すウィルにシローが苦笑いを浮かべる。

「あと、すてーきもちょっとぉ……」

「え？　ステーキもダメ？」

聞き返すシローにウィルはコクコク頷いた。

「うぃるははんばーぐがいいなー」

「いや、それはウィルの食べたいものじゃないか……」

「そんなこと、ないもん」

いや、あるだろう。

あまりに分かりやすい自己主張に家族を始め、その場にいたみんなが表情を綻ばせた。

「分かった分かった」

見上げてくるウィルの頭をシローがポンポンと撫でる。

「じゃあ、みんなでご褒美を考えてくれ。父さん、楽しみに帰ってくるから」

「はーい♪」

自分の主張が通ったことでウィルも満足したような笑みを浮かべた。

シローはその表情をひとしきり堪能すると視線をセシリアへ向けた。

「セシリアさん、子供達のことを……」

「心得ております。シロー様、どうかご無事で……」

シローが軽くセシリアを抱き寄せる。

普段は人前での愛情表現を不得手にしているセシリアだが、この時ばかりはシローに身を任せた。

最愛の主人が長く家を離れるのだ。無理もない。

それをリリィがどこか羨ましそうに眺めて。

セシリアから離れたシローが魔刀の柄に手を乗せる。

「一片」

シローの呼びかけに応えて、魔刀から風の一片が姿を現した。

シロー達を遠巻きに見守っていた人々が大きな風狼の出現にどよめきを起こす。

「子らよ……」

周囲の反応を気にした風もなく、一片が小さく呼びかける。

するとウィル達の体から緑光が溢れ、風狼の子供達が姿を現した。

「よいか、いい子にしてるのだぞ？」

一片の言葉に幻獣の子らがそれぞれ視線で応える。

それに満足した一片が小さく頷いて、今度はウィルの方へ視線を向けた。

「ウィルよ、母上や姉上達の言うことをよく聞いてな」

「あい」

「約束だぞ」

「やくそくー」

コクコク頷くウィルに目を細めた一片はそのまま門の外へ向き直った。

その背にシローが飛び乗る。

父の姿の勇ましさに人の子も幻獣の子も目を輝かせた。

「じゃあ、行ってくる」

「すぐ戻る。安心して待っておれ」

「「いってらっしゃーい！」」

子供達に見送られ、一人と一匹が門の外へと駆け出していく。

「はやーい！」

あっという間に遠ざかっていく父の背中にウィルが目をぱちくりさせる。

「本当に……もうあんな小さく……」

「これなら、きっとすぐに帰ってくるわね！」

セレナとニーナも思い思いに呟いて。

その背後で見送るセシリアだけが少し心配そうな顔をしていた。

「さぁ、あなた達。屋敷へ帰りましょう」

シローの姿が見えなくなるまで見送ると、気を取り直したセシリアが子供達の背中に呼びかけた。

「お客様をお待たせしてますからね」

「「はーい」」

子供達が元気に返事してセシリアのもとへ駆け寄る。

「では、フェリックス様。ガイオス様にリリィ様も」

「ふぇりっくすおにーさん、くまのおじさん、りりぃおねーさん、またねー」

フェリックスに小さく会釈するセシリアの横でウィルがぶんぶんと手を振った。

フェリックス達が笑顔で手を振り返し、屋敷に戻るウィル達を見送る。

「なぁ……リック」

「なんだい、ガイオス」

トルキス家の背を見つめながら呟くガイオスに、同じものを見つめたままフェリックスが応える。

「本当にシロー殿を一人で行かせて良かったのか？」

「…………」

ガイオスはシローと共に王と謁見し、今回の任務のあらましを聞いていた。

シローの向かった先は隣国フラベルジュと更にその先にあるシュゲール共棲国の国境沿いの森である。

その地域は魔獣が強く両国とも精鋭を配置しているという話だ。

先日起きた魔獣騒動の説明を同盟国であるフラベルジュにしたところ、その近隣で大型の魔獣が目撃されていた。

フィルファリアでも目撃されたキマイラ種である。

本来は人里離れた場所で稀に発見される種が立て続けに発見されたことで同一の組織の関与も疑わ

れ、フラベルジュがシュゲールと合同で調査に乗り出した。

その報告が正式にフィルファリア王国に届けられたのだ。

キマイラ種で間違いない、と。

そして、その近辺に人が立ち入った痕跡もあったという事も。

「確かに、シロー殿は首謀者と接触している。戦力的にも問題ないだろうが……しかし」

ガイオスは納得していないようだ。

確かに危険な任務である。

フェリックスとしてもシローの友人達が王都に訪れている間に協力を取り付けたかったのだが、シローが単独で行動することを申し出て思惑が外れていた。

「シロー殿が単独で動けば幻獣様のお力で任務の日程を半分くらいに縮める事が可能だと申し出てね……そうすれば飛竜の渡りに間に合うだろうと」

「シロー殿の強さは認めるが……」

「そうですね……私も安全な手段を取れるのならそうしたいところですが」

「そもそも、なぜフィルファリアに話が来たんだ？　シュゲールの獣人達が合同で動いているのだろう？」

尚も食い下がるガイオスにフェリックスは小さく嘆息した。

「ガイオス。納得いかないのは分かりますが少しは考えてくださいよ……」

「何をだ？」

憮然とするガイオスの目を見てフェリックスが答える。

「この時期、飛竜の渡りで頭を悩ませているのはフィルファリアだけではないんです。フラベルジュもシュゲールも。そんな中で迅速に討伐できる手段があるなら要請したいでしょう？」

「だが、フラベルジュはともかく……シュゲールにまで義理立てする必要があるのか？　この大変な時期に……シュゲールは同盟国じゃないんだぞ？」

「ありますよ。特にアルベルト国王と私……それからシロー殿にも。ひいてはフィルファリア王国の為に」

「…………？」

フェリックスの言っている意味が分からず、ガイオスが首を傾げてリリィに視線を向ける。

彼女も分かっていないようで首を横に振った。

「ガイオス。同盟国でないシュゲール共棲国には何がありますか？」

「なに、って……」

ガイオスがフェリックスの質問に眉根を寄せる。

ガイオスも貴族としてそこそこの知識量を誇る。

同盟国ではないとはいえ、近場の国の内情をある程度は理解していた。

（シュゲール共棲国……？）

シュゲール共棲国は獣人や亜人、人間など多くの種族で構成された自然豊かな国である。

国土の多くを森に囲まれており、屈強な魔獣に対抗する騎士団は血の気が多いらしい。

野蛮だと揶揄されることもあるが、その気質は陽気で悪い噂はあまり聞かない。

年がら年中魔獣を狩っている為か、特産品は革なんかだったりしたはずだ。

他にはシュゲール共棲国王家の守護精霊が樹属性だったり、国内に大樹海が広がっていたり、それに属した最難関ダンジョンがあったり――

「あっ……そうか。世界樹か……」

シュゲール共棲国は国内にある世界樹の迷宮を冒険者ギルドと協力して管理しているのだ。

「そうです。さんざん後回しになっていましたが、我々はもともとシュゲール共棲国とは同盟を組もうと動いていました。それにちょっとした個人の思い入れが複数加わって優先順位が繰り上がったんです」

「みんな大好きだな、ウィル様……」

「えぇ。私もファンですよ」

兄の言葉にリリィが思わず笑みを浮かべる。

「ウィル様は本当に多大な貢献をして下さいました。それに応える為にも陰ながらその夢の後押しができればと思っているのですが……」

所詮は子供の夢だというのに。

大人たちはみんなして、その道を切り開こうとしていた。

不思議とそうさせる何かがあるのだ、ウィルには。

自分もそれを望んでいると自覚したガイオスが自嘲気味に笑う。

「で？　上手く行くんだろうな、それ……」

「勝算はありますよ」

「じゃあ、任せる」

「ええ、任せて下さい」

フェリックスも笑みを浮かべて小さくなっていくウィルの小さな背中を見送った。

ガイオスもリリィもまた、その背中を眩しそうに見つめる。

「それにしても、アレだな……」

「「……………？」」

フェリックスとリリィがぼやくように呟くガイオスを見上げる。

また憮然とした表情を浮かべるガイオスにフェリックス達は疑問符を浮かべた。

「リックとリリィがおにーさんおねーさんで、リックと同い年の俺はなんでおじさんなんだ？」

眉根を寄せて愚痴るガイオスにフェリックスとリリィは思わず吹き出した。

《了》

特別収録

TenRankers 02
シローとレンと褐色の偉丈夫

original episode

will sama ha
kyou mo mahou de
asondeimasu.

夜の蝶よ、華よと彩られた女達が接客をする。

大きな街ではそういった酒場もいくつかあり、男達の中には給金に見合った店を月に数日楽しむ者も少なくない。

その中でも、とりわけ豪奢な店のさらに奥——特別な個室を借り切った一人の男がいた。

「今日も飲むぞー！」

「もう飲んでますわよ」

男の声に楽し気な女達の笑い声。

基本、こういう酒場には厳格なルールがあり、男側から女に接触するのは禁止事項に当たる。しかし、女性からのアプローチは節度があれば大概許されるようで、男の下には数多くの女が入れ代わり立ち代わり身を寄せていた。

それだけ、この男には人気があるのだ。

大柄で褐色の肌。猛獣のたてがみを連想させる金髪に男らしい面構え。逞しい腕は女の腰ほどもある偉丈夫。

特別な個室を使用できるのだから当然羽振りもいい。

そんな個室にまた新しい女が姿を現す。

女は静かに男の傍まで近寄ると顔を近づけて耳打ちした。男の顔色が一瞬変わる。

しかしそれは僅かな間で、男の顔にはまた余裕にも似た笑みが浮かんでいた。

先程耳打ちした女が掌を二度鳴らすと、他の女たちが不満げに頬を膨らませる。

「えー？　いいとこだったのにぃ」

「わりぃな。ちょっとだけ」

「また後で一緒に飲んでくださいねー」

次々と退室していく女達。最後に耳打ちをした女が一人の男を招き入れ、一礼して部屋を後にする。

「まぁ、座んなよ」

女が出ていくのを見送った男に元いた偉丈夫が声をかける。

入ってきた男は全身すっぽり隠すようなローブを身にまとい、表情は窺い知れない。しかし、その身のこなしである程度の実力者だと分かる。

「お楽しみ中に申し訳ない」

酒の席の邪魔をした詫びる男の声はそれなりの年齢を感じさせるものだった。

その声に微かな緊張を感じて偉丈夫が笑みを深くする。

「気にすることはないぜ。ここは外に声が漏れないようになっている。仕事の話をするにはうってつけだ」

「わかった」

偉丈夫の方が明らかに年若いのだが、その不遜な態度を咎めるでもなくローブの男は懐から封筒を取り出した。

「ほぅ……」

中から取り出された書類に偉丈夫が目を細める。

製紙技術がある程度確立されているとはいえ紙は高級品だ。その上、撮影魔法か技術の写真付きともなれば、取引相手の金回りがいかにいいか窺い知れるというものだ。

「ガキばかりだな……」

写真と書類に目を走らせる偉丈夫にかまわず、ローブの男が淡々と告げる。

「見かけに騙されてもらっては困る。我々もさんざん煮え湯を飲まされているのでな」

「煮え湯、ねぇ……」

四人の少年、すべての書類に目を通した偉丈夫が顔を上げた。

フードの隙間から微かに覗く視線と偉丈夫の視線がぶつかる。

「ライオネル……いや、【剣闘場の狂乱】ライオット殿の実力は裏の世界でも轟いておる」

「……で？」

「その四人の少年を殺して欲しい」

「報酬は？」

なぜ、とは聞かない。裏の世界で余計な詮索は死期を早めるものと偉丈夫——ライオネルも理解しているからだ。逆に報酬が見合わなければ、聞かなかった話にしてしまえばいい。願わくば、相手が裏社会のルールに対して無知でないことを願うばかりだ。交渉が決裂すれば口を封じる、なんて考え方は三流以下だ。普通はそうならない程度の金額を提示する。

「前金で金貨四百枚。成功すれば追加で金貨六百枚」

「…………」

惜しげもなく提示してくるローブの男にライオネルがソファに深く座り直す。

前金だけだったとしても少年四人の殺害にしてはあまりに高額だ。これほどの金額提示、よほど大きな組織か依頼を達成できないと思われているのか。

「いいぜ」

ライオネルには自信があった。この四人の少年がどれほどの実力者だったとしても、自分が負けるはずがないという自信が。

「本当か?」

再度、問いかけてくる男にライオネルは頷いた。

「ああ、その代わり俺のやり方で戦わせてもらうぜ?」

「手段は問わんよ。なんなら護衛もつけよう」

「いらねぇよ。俺のやり方でやるって言ってんだろ」

護衛じゃなくて監視だろ、というのは心の中にしまっておくライオネルである。

「どうだい、前祝いでも」

金貨の入った袋をテーブルに置く男を誘ってみるが、男はライオネルの誘いを断った。

「私の仕事は終わった。続きを楽しむがよろしかろう」

「んじゃ、そうさせてもらうわ」

来た時と同じような静けさでローブの男が退室し、ややあって女たちが戻ってくる。

「どうしたの、ライオットさん?」

「いや、なに……」

女の一人が肩を寄せながらライオネルを不思議そうに見上げてくる。

ライオネルの類には普段にはない笑みが張り付いていた。酒の席で女に見せる類の笑みではない。

闘争本能からくる不敵な笑みだ。

「これはー？」

「封筒には触るなよ？　袋は開けてもいいが……いや、その前に酒だよ」

「「はーい」」

楽しげに笑いながら女たちが酌をする。

ライオネルはその酒を喉に流し込みながら、戦いの場を想像して酒の肴にするのだった。

◆

「こんなのあんまりだー！」

「無駄口叩いてないで手を動かせー」

ヤームの悲痛な叫びとは対照的にロンが抑揚のない声を返す。

「一人一殺なんだから、簡単だろー？」

「お前ら基準で物言ってんじゃねー！」

襲い来る大きな熊型魔獣を相手にヤームが手にした槍で必死に応戦する。体力旺盛な大熊は刺せども刺せども大して衰えず、鋭利な爪をヤームに向けていた。

「ちょ、まじ助けて！」

「大丈夫……ヤーム、槍持ってる……」

「そんなこと言わないで！　レン、お願い！」

「大丈夫……熊は素手でも、倒せる」

「お前らと一緒にすんじゃねー！」

良いことと言ったと胸を張るレンにヤームが戦いながらもツッコミを入れる。現にシロー、ロン、レン、カルツの四人は既に大熊を倒しており、道の脇で一息ついているところであった。

「どうすれば効果的な一撃が放てるか、常に考えろ。闇雲に刺してるだけじゃダメだっていつも言ってるだろ」

「どちくしょー！」

上手く大熊の側面に回り込めたヤームが渾身の一撃をもって大熊の後ろ足を貫く。機動力を失った大熊に対し、ようやく有効打が打てるようになったヤームはそのまま何とか大熊を倒し切った。

「まだまだだな……」

ぜーぜーと肩で息を切るヤームに対し、ロンがさらりと酷評を言ってのける。その顔に恨めし気な視線を送りつつ、ヤームは魔法の鞄に大熊を仕舞い込んだ。

「まぁ、でも大分成長したんじゃないか？」

「そうですね。仮にもランク6のパーティー推奨の大熊一匹を一人で仕留めたんですから。自信を持ってもいいと思いますよ」

　それとなくフォローするシローとカルツだが、やはりヤームからすれば手伝ってくれなかったので恨めしい気持ちで一杯だ。

「そもそも効果的な一撃、って言われてもなぁ……」

　ようやく息の整ったヤームがため息交じりに座り込む。

　ヤームも戦闘経験がなかったわけではないが、シローたちに比べるとやはり見劣りしてしまう部分があった。鍛冶に重点を置いていた、という部分もあるのだろうが、それでも実力の差は大きくヤームの悩みの一つだ。

　シローたちは自分の苦戦した大熊をほぼ一撃で倒してしまっている。彼らと自分とで一体何が違うというのだろうか。経験と一括りにしてしまって本当にいいのだろうか。

「うーん……」

「ヤーム、反省会は後だ。まずはこの先の休憩所まで行こう」

　思い悩むヤームの背をシローが叩く。

　現在地は街と街の道半ばで両脇は森になっている。今日中にある程度まで進んでおかないと安心な場所で野宿するのも難しくなってしまう地形だ。

「ああ――」

　了解したヤームが荷を背負い直して歩き出そうとした時、進行方向から高らかな笑い声が響き渡った。

「あーはっはっはっ！　悩んでいるな、少年！」

進行方向を塞ぐように仁王立ちする男に思い当たりがなく、全員がその人物を見てポカンとする。

が、男は構わず続けた。

「先程の戦い、しかと見せてもらった。少年よ、君に足りないのは一撃にかける心意気……そう、必殺の吐息だ！　必ず殺すという気概！　それが足りない！」

「あの、どちら様でしょうか？」

一人盛り上がる男にヤームがおずおずと尋ねると男は自らを親指で差し、はっきりと名乗りを上げた。

「俺の名はライオネル！　人は俺の事をライオットなどと呼ぶ！　恨みはないが、お前たちを殺しに来た！」

「一人でか？」

ロンが訝し気な視線を送るがライオネルという偉丈夫は揺るがない。

「一人でだ！　とうっ！」

ライオネルがわざわざ大仰に跳躍してシローたちの前に着地する。どうにも芝居がかっていて、いまいち緊張感が持てない。しかし、妙な圧力を感じてシローたちは身構えた。

（一見隙だらけにも見えるが……）

（このプレッシャー……本物か……）

シローとロンはほぼ同時に同じ結論に至った。一瞬で臨戦態勢に入った二人を見て、ライオネルが笑みを浮かべる。

「誰からやる？　俺は纏めてでも構わねぇぜ？」

「俺がやる。みんな、下がってくれ」

「お、おい……」

前に出るシローの肩をロンが慌てて掴んだ。シローが肩越しに振り替える。

「斬れるのか？」

「斬らせてくれれば、な……それより……」

シローの言わんとしていることを察したロンが深々と嘆息した。それから全員に指示を出す。

「下がるぞ。カルツ、結界を張ってくれ。それから、レンは俺の傍にいろ」

「わかった……シロー、気を付けて……」

「ああ……」

気遣うレンに笑顔を見せて、シローがライオネルと向き合う。ライオネルは魔法の鞄から長大な剣を引き抜きこそすれ、ロンたちが十分離れるまで特に動きを見せなかった。

「俺の標的はあくまで男四人……あの女の子は対象外なんだがな」

「だろうな。自分たちの手で始末しないと納得しなさそうな連中だからな」

「そういや、煮え湯を飲まされたとか言ってたっけ。ってことは、奴らの正体も知ってるわけか」

「まぁ、ね……」

「教えてくれたりは……？」

「俺に勝ったら、な」

お互い、語りを終え――次の瞬間、空気が一気に張り詰めた。

「あんなでっかい大剣、振れんのかよ!?」

「黙って見てろ」

ライオネルの武器を見て驚愕するヤームをロンが短く制する。

本来なら長重武器というのは叩きつけるか斬り払うくらいしか攻撃方法はない。土属性の加護持ちであれば振り回せるだろうが、打撃の方が効率的なので有効とは言い難いのだ。

「ずりゃぁぁぁぁ!」

予想に反してライオネルの一撃は逆袈裟であった。暴風のような轟音をたてて斬り上がってくる一撃をそれ以上の速度で飛び躱すシロー。同時に魔刀【風の一片】を抜き放ち、頭上から一撃を浴びせる。

「なんのっ!」

すかさず大剣を切り返し、ライオネルがシローの一撃を受け止めた。斬り抜けたシローが身を回して胴薙ぎにするのをライオネルがさらに受け流す。

今度はライオネルが胴を薙ぎ、シローがぎりぎりで潜り抜ける。と、同時に斬り上げるも、予測していたのかライオネルは最小のバックステップで斬撃をやり過ごした。

すぐさま間合いを詰めて素早い斬撃を繰り返すシローに対し、ライオネルは一撃一撃に必殺の威力で対抗する。まさに柔と剛のぶつかり合いであった。

「どっちもすげぇ……」

「あの男、熱属性のようですね……徐々に魔力が上昇していくのを感じます」

「暑苦しい……でも……」

カルツの分析にレンがぼそりと呟く。だが、その目はしっかりと二人の表情を捉えていた。

「シロー、楽しそう……」

二人の斬撃が交わる度に魔力が弾け、薙ぎ払う度に残光が走る。傍目にも凄まじい斬り合いを繰り広げているにもかかわらず、二人は笑っていた。

(でたらめだ。剣の重量を無視して無茶苦茶振り回してくる。剣筋が読めない……)

(的確だ。最小最短で致命傷を取りに来る。気ぃ緩めると持ってかれる……)

ぎりぎりの死線を掻い潜ってお互い距離を取る。

((だが、面白い!))

魔力を整えたシローとライオネルが同時に地を蹴る。間合いに入るや否や、また互いの剣閃が嵐のように飛び交った。

「あー……まぁ、俺もそういうところがないわけじゃないから人のこと言えねぇけど……」

壮絶な戦いを楽しむ二人を遠目にロンがぽりぽりと頬を掻く。

「シローと互角に斬り合える人間なんて、そうはいないからなぁ……ライオネルとかいうやつもそうだろ、たぶん……」

「難儀な生き物ですねぇ……」

カルツが呆れたように嘆息すると同意したレンとヤームはこくこくと頷くのだった。

「いい加減、斬られたらどうだ……」

「そっちこそ、息上がってんじゃねぇか……」

「上がってねーよ。まだ手加減してんだ……」

「俺だって手加減してらぁ……」

どれくらい斬り合ったのだろうか。結局、お互い致命傷を与えられないまま時が過ぎ、二人は距離を取ったまま動かなくなった。

シローが先に構えを解く。

「満足したか？」

「……ああ、そうだな」

シローの問いかけにライオネルも構えを解き、シローと向かい合う。

「ふふっ……ははは」

「くっくっくっ……」

いきなり笑い始めるシローとライオネル。そんな様子を訝し気に見ていたレンたちの前でシローとライオネルが剣先を森の方へ突き付けた。

「「いい加減、出て来いよ」」

シローとライオネルの鋭い視線の先からローブで身を包んだ男が一人、姿を現す。それを合図にぞろぞろと現れた仮面の一団がシローたちを取り囲んだ。

「あんたらもしつこいねー」

ロンの軽口に反応することなく、ローブの男が進み出る。

ロンたちも戦闘準備を整え、カルツが結界を解くと仮面の一団がじりじりと間を詰め始めた。

「ガキ一人仕留められんとは……ライオネル殿も大したことありませんな」

「まぁ……あんだけ森の中で殺気をチラつかされちゃあ……なぁ」

フードの男の嫌味をライオネルが鼻で笑う。

「大方、俺がガキどもを始末できりゃあよし。できなくても弱った俺もろとも、なんて考えていたんだろうが……」

「なんだ？　あんたも狙われる側だったのか？」

ライオネルの推測を聞いたシローが尋ねると彼は口の端を釣り上げた。

「まぁ、そんな所だ。同じ組織に狙われる仲間同士、仲良くやろうや」

「組織じゃないよ。某国の暗殺部隊だ」

「おっ、さすが。そこんところ詳しく……」

「戯言を……」

歯噛みしたローブの男がショートソードを構える。同時に周囲を陣取る仮面の一団の殺気が濃くなった。

「小娘、ライオネル……今日こそ、その命、貰い受ける」

「何回目の今日こそなんだか……いい加減数えるのもばかばかしくなってきたなぁ」

刀の峰で肩を叩きながらシローが嘆息する。次の瞬間、飛びかかってきた仮面の暗殺者をシローは一刀の下に斬り伏せた。

数にして百、暗殺集団を一人残らず沈黙させたシローたちはライオネルが事前に呼んでおいた馬車に乗って街へとたどり着いた。

案内された宿に荷を下ろしたロンたちがライオネルに招かれて近場の食堂へ入る。

「ここなら安心していいぜ。奴らの息はかかってねぇ……って、あれ?」

ライオネルがロンたちを見て首を傾げる。

「刀のにーちゃんは?」

「シローは来ねぇよ」

「はっ?」

「人を斬った後はいつもそう……」

レンが無表情で答えるとライオネルは小さく嘆息して奥の席へ案内した。

「ここでは飯を食わせたかっただけなんだがな……」

「通るモンも通らねぇのさ」

「あとでお弁当、持っていく……」

ロンとレンの言葉にそれ以上追及することもなく、ライオネルが弁当も注文する。

食事を終えるとレンは弁当を受け取ってシローの下へ戻り、ロンたちはライオネルに従って豪華な酒場へと向かうことになった。

「まぁ、女の子を連れていくような場所じゃないしな……」

「おじさん……」

「お兄さんだ。ライオネルお兄さん。めんどくさかったらライオットって呼びな、お嬢ちゃん。みんなそう呼ぶ」

「わかった……ライオット、ありがとう」

「ん？」

去り際にレンとそんなやり取りをしたライオネルが不思議そうにロンたちを見る。

「礼を言われるような事、したか？　まさか、惚れた？」

「ちげぇよ。シローと楽しい斬り合いをした上、生きていてくれてありがとう、ってことじゃないのか？」

「なんだ、そりゃ？」

駆け足で宿に戻るレンを見届けて、肩を竦めたライオネルは行きつけの酒場へとロンたちを連れて行った。

「ライオットさん！　誰、このかわいい子たち！」

「いま売り出し中の若手冒険者パーティー【大空の渡り鳥】のメンバーだよ。同い年だよ、確か」

「うそぉ!?」

男臭い顔をしたライオネルの年齢を聞いてヤームが驚愕する。その横にいるカルツは女たちにまとわりつかれて難儀していた。あまりの勢いに気圧されて、彼の相棒である空属性の精霊スートを押し付けたほどだ。普段滅多に見られない精霊の登場とあって、スートは見事な生贄として女たちに捧げられていた。

「私たちの事、ご存じだったんですね」

「まぁな。冒険者ギルドともつるんでるからすぐに分かったぜ」

自分たちの事を知っていたライオネルにカルツが問いかけると、ライオネルは事も何気に頷いた。

「それにしたって豪華な接待だな」

「聞きたいことが色々あってな。それに、害意がないことも示しておきたいしな」

ヤームの疑問にもライオネルは動じない。

女たちの騒ぎが一段落してソファに腰を下ろしたライオネルがロンたちに席を進める。

「刀使いから少しは聞いたが、奴らは何なんだ？　レンとか言ったか……あのお嬢ちゃんはなんで命を狙われている？」

「それは……」

言い淀むロン。視線をカルツとヤームに向けるが二人も難しい顔をしていた。この二人にはパーティーを組む前にレンの素性を明かしてある。

答えを渋るロンたちを見たライオネルは先に自分の目的を語り出した。

「あのローブの連中、この街の周辺で不当な人身売買をしていてな。俺が今回、狙われたのはそいつらの根城を潰して回ったからだ。だが、なかなか尻尾をつかませてくれなくてな」

「それで奴らの企てに乗ったのか」

「そうだ。ここで働く人間も大半はそういう経緯で助けた奴らが多い。さっきの食堂もそうだ。この街の領主に頼まれてな」

ライオネルの話によると、この地の領主は若いが信頼のおける人物で昔から巣食っている罪人の組織に頭を悩ませていたそうだ。そんな折、ライオネルはお忍び中の領主と知り合い、意気投合して手を貸すことになった。きっちり仕事をこなしたライオネルであったが、黒幕を暴くことができず、領主と一緒に裏工作をして黒幕が引っかかるのをずっと待っていたのだ。

「まぁ、もともと身売りされて剣闘士をしていた俺も、思うところがあってな」

「そうですか……あなたが【剣闘場の狂乱】ライオットですね。南方の国の剣闘奴隷で強すぎて賭けが成立せず、解放されたという」

「おっ！　俺もちっとは有名人なんだな」

自分のことを知っていたカルツにライオネルが酒を注ぐ。

「で……？　話してくれる気になったか？」

「……しょうがない。何を聞きたい？」

ロンが諦めたように嘆息するとライオネルが嬉し気な笑みを浮かべた。

「そうだなぁ。とりあえず、あの暗殺集団の正体だな。あのお嬢ちゃんも何か関係してるんだろ？」

「レンは……」

ロンが眉間に指をあてててグリグリしながら答える。

「レンはレグリアーデ王国第三王子の隠し子だ」

「はぁっ⁉」

いきなり飛び出た信じ難い言葉にライオネルの声が裏返った。レグリアーデ王国は大陸東部の大国だ。その王子の庶子だという。とんでもない大物である。

「レグリアーデ国王は数年前から体調を崩していて、第一王子派と第二王子派で争いが起こっている。もっとも、騒いでいるのは王子の母親同士らしいがな。第三王子は継承権を早々に辞退していたが、レンの存在がばれて勘ぐったどちらかの派閥に狙われた」

「待て……確か第三王子は病死した、と発表されていたはずだ」

「夫婦とも、レンをかばって死んだ。俺とシローは依頼でレンを捜索していて暗殺部隊とかち合った。レンは助けられたが……」

「お前ら、よく殺されなかったな……いや、そうか」

呆れていたライオネルだったが、合点がいったのか身を乗り出した。

「あの刀のにーちゃん……キョウ国の人斬りか」

「今はそんな古い言い方しねぇよ。だが、まぁ……そうだ」

キョウ国は島国で昔は魔獣の被害より人同士での争いが多くあった国だ。そんな歴史がある為、対人戦闘に特化した技術を伝える道場が今も多くある。

「シローは魔刀【凪の一片】を守護してきた道場の血筋だと言えば分かるか」

千年前、たった一人で旧キョウ国を滅亡の際まで追い込んだと言われる最強の剣術と、その魔刀に認められた千年ぶりの後継者。それが葉山司狼であった。

「ところが、シローは優し過ぎた。どれだけ強かろうがシローの剣術は殺人術。シローは跡取りになることを嫌い、道場を兄に任せて冒険者になった」

冒険者となって人に仇為す魔獣を斬る。それならば自分の剣術も誰かの助けになるだろう、と。しかし――

「結局、シローは人を斬っちまった。レンを守る為とはいえ、な。それからは何度となくレグリアーデ王国の暗殺部隊に襲われている。まぁ、全部返り討ちにしたけど。ライオットくらいだな、無事で生きてるの」

「それで『ありがとう』かよ……」

先程のレンの言葉を思い出し、嘆息してしまうロンとライオネルである。レンもシローが人を斬ることに想うところがあり、生きていたライオネルに少なからず感謝した、という事なのだろう。

「シローも俺も、レンの両親にレンを守ることを誓った。そして、カルツもヤームも仲間になってくれている。一方、レグリアーデの暗殺部隊は罪をでっち上げて俺たちを糾弾することはできない。シローの素性も調べてるだろうしな。そんなことしたら事態に介入したキョウ国と戦争だ。お家騒動どころの話じゃない。奴らは俺たちに追っ手を放つくらいしかできないのさ」

「なるほどな……」

座り直したライオネルが酒を喉に流し込み、ソファに身を沈めた。しばらくそうして考えを巡らせていたライオネルは良い事を思いついたのか、身を起してニヤリと笑みを浮かべた。

「お前ら、俺の仕事を手伝わねぇか？　難しい事じゃねぇし、悪い話でもねぇと思うんだが……」

「「はぁ……？」」

いきなりの提案に面食らったロンとカルツ、ヤームは間の抜けた声を上げ、思わず顔を見合わせるのだった。

「シロー、お弁当……」

「ああ……」

レンがシローの部屋に入るとシローはベッドの上で仰向けに横たわっていた。足元には顕現した風の一片が寝そべっている。

『他の者はどうした？』

「お酒飲みに行った……」

顔を上げた一片の質問にレンが素っ気なく答える。

レンに愛想がないのはいつもの事なので一片は『そうか』と一言呟いて、また寝そべった。

レンはテーブルに弁当を広げると仰向けのまま腕で顔を隠すシローの脇に立った。そのままジッとシローを見下ろす。

何か言葉を交わすわけでもなく、そのまま少し二人と一匹の時間が過ぎる。

「私も寝る……」

「……ああ」

短いやり取りの後、レンの手が優しくシローの髪に触れた。

「おやすみ、お兄ちゃん……」

「おやすみ、レン……」

レンの手がシローから離れて静かに扉の音が響く。

腕の下でシローが目を開けた。

その目は悲し気で、優しそうでもあり、少し危うくもあった。人を斬った感触も生々しく残っている。ただ、レンの触れた手の感触がそれらの混沌とした感情と感覚を温かく解してくれるようで、シローの表情に微かな笑みが浮かんだ。

『相変わらず、小娘に心配されるとは……まだまだだな』

「うっせぇ……」

小言に応えたシローの声に微かな明るさを感じて、一片もまた安心したように尻尾を一振りするのだった。

《特別収録　TenRankers 02　シローとレンと褐色の偉丈夫／了》

✦ あとがき ✦

著者の綾河ららです。この度は「ウィル様は今日も魔法で遊んでいます。4」をご購入頂きましてありがとうございます。

毎回、暴走気味のお子様主人公に頭を悩ませています。話を考えるだけでも大変なのですから世のお父さんお母さんはもっと大変なはずです。想像ですけど。生意気、言いました。すいません。

さて、4巻のお話ですが、丁度大きな話の間、王都騒乱編の後始末と次回の大きな騒ぎの繋ぎ的なお話になっています。個人的には大好きです。続々と新しいキャラクターや目的地なんかも出てきますが、今後どのように絡んでくるのか、活躍するのかを楽しみにして頂けると嬉しいです。というか、出てき過ぎなんじゃないかと、ちょっと心配ではありますが。埋もれないように頑張ります。

イラストを担当して頂いているネコメガネ先生、いつも色んなキャラクターや素敵な表紙をデザインしてくださいましてありがとうございます。またいっぱいデザインしていただけるように頑張ります。

まだ描いてほしいキャラクターがいっぱいいますので（おい）。

そして漫画を担当して頂いているあきの実先生にも、かわいいキャラをいっぱい描いて頂いています。小説では見られないキャラも漫画で見られる素敵。幸せです。本当にありがとうございます。

さて、次巻は（出れば）またウィルが騒動に巻き込まれる展開になる予定です。ファンタジー界の最年少記録更新なるか、楽しみにしております。すでにその記録が出てるかどうか知りませんが。その事についてはまた、次巻のあとがきでお会いできればお話ししたいと思います。

担当して頂いている担当E様、仕事が遅くて申し訳ございません。色んな事で気を揉まれていらっしゃるかと思います。もう少し、揉んでおいてください。

それからイラスト担当のネコメガネ先生、漫画担当のあきの実先生にはこれからもご迷惑をおかけしたいです（切望）。

最後になりましたが、本書をお読みくださいました皆様に最大級の感謝を。

小説版、コミック版、どちらも楽しんで頂けたらと思いますと共に、次巻で皆様にお会いできるのを楽しみにしております。

綾河らら

ウィル様は今日も魔法で遊んでいます。4

発　行

2021年2月15日　初版第一刷発行

著　者

綾河ららら

発行人

長谷川　洋

発行・発売

株式会社一二三書房

〒101-0003　東京都千代田区一ツ橋2-4-3 光文恒産ビル

03-3265-1881

デザイン

erika

印　刷

中央精版印刷株式会社

作品の感想、ファンレターをお待ちしております。

〒101-0003　東京都千代田区一ツ橋2-4-3 光文恒産ビル

株式会社一二三書房

綾河ららら 先生／ネコメガネ 先生

Printed in japan, ISBN 978-4-89199-686-4

※本書は小説投稿サイト「小説家になろう」（http://syosetu.com/）に

掲載された作品を加筆修正し書籍化したものです。